# Magnanime

# Ibrahim B. Dicko

# Magnanime

*Roman*

LE LYS BLEU
ÉDITIONS

ISBN : 979-10-377-7217-6

*À ma femme qui m'apporte soutien et inspiration dans mes écrits,*
*À mes proches qui m'appuient*
*et me donnent de quoi nourrir mon imagination,*
*À tous ceux qui ont travaillé avec moi sur ce livre.*

# Préambule

Ce livre parle d'abord et avant tout du Mali, un pays multiculturel et multiethnique. Il s'intéresse aux années 1990, une décennie durant laquelle le tiraillement entre les traditions anciennes et la modernité s'était fortement exprimé. Selon la perspective d'analyse qu'on pourrait choisir, il n'est pas insensé d'évoquer l'existence d'une organisation sociale dont l'origine remonterait à la charte du *Kurukanfuga* adoptée en 1236 au moment de l'intronisation de l'empereur du Mali Soundiata Keïta. Sept siècles plus tard, durant la dernière décade du 20e siècle, les hommes de castes, en particulier les griots, continuaient de remplir, au-delà des occupations professionnelles qui pouvaient être les leurs, leurs devoirs de gardiens des traditions, de mémoire collective et d'unificateurs des Maliens à travers les protocoles de mariage ainsi que de baptême et de décès, les pourparlers, les négociations et les intermédiations. Les marabouts et les féticheurs étaient aussi présents. Ils étaient largement sollicités pour la divination, les histoires de foyer et surtout pour le traitement de certaines maladies dont celles qui avaient un lien avéré avec l'instabilité mentale, la jalousie excessive, la virilité, la stérilité et les maladies qu'on estimait avoir pour causes les sortilèges ou la magie noire. Ils excellaient également dans la vente de médicaments traditionnels. Du fait de l'histoire, certaines familles et certains groupes sociaux avaient plus de mérite d'exercer certains métiers que d'autres. C'était le cas par exemple de l'élevage de bétails avec les *peulhs* nomades, des forges avec les familles de forgerons, du commerce avec certaines familles *Djoulas*, de l'agriculture avec les *Bambaras* et les *Malinkés* et de la pêche avec les *Bozos* considérés comme les véritables détenteurs des secrets du monde aquatique. Être élus dans certaines circonscriptions électorales pouvait s'avérer impossible pour certains candidats en raison de leur nom de famille. Et dans l'institution du mariage, les époux devaient d'abord être compatibles en patronyme malgré qu'aucune loi de la république ne mentionnait cela. Il est certes vrai que ces pratiques se métamorphosaient timidement avec le développement du capital intellectuel, du libéralisme économique et des pratiques démocratiques à la malienne, amorçant ainsi une transition vers des statuts sociaux acquis et basés sur le travail et le mérite ; mais force est de reconnaître que les statuts sociaux attribués de fait à chaque individu par la société elle-même étaient encore présents et palpables. La généalogie avait une importance capitale dans la vie de chaque citoyen.

Ce livre met également en relation plusieurs personnages précédemment mentionnés autour d'un ensemble de thématiques omniprésentes dans la société malienne de cette époque. Il s'agit entre autres de l'importance donnée aux rêves, du rôle de la femme dans les foyers, de la question des femmes porteuses de chance ou de guigne pour leur mari ou leur famille, du choix de la bonne femme pour la bonne postérité, du rôle des griots dans la société, de l'esprit rebelle des jeunes instruits contre le mariage forcé, de la force des clans ethniques, de la polygamie, des rivalités entre femmes, de la place des marabouts, des conséquences de la stérilité, des tromperies, des complots et des coups bas, du dénigrement, des ambitions démesurées et de la justice traditionnelle qui transcendait clairement la justice républicaine dans de nombreuses localités. Il met aussi en exergue certaines vertus parmi tant d'autres et qui étaient constamment prêchées dans cette société. Le *mugnu* (la patience), le *sabali* (la maîtrise de soi), le *yafa* (le pardon), le *gnumaya* (l'altruisme) et le *sutura* (la préservation de l'intimité, des secrets, de l'image ou encore de la réputation en procédant souvent à la dissimilation de tout ce qui attire la honte, le discrédit ou le dénigrement). Quant à la *magnanimité*, elle est présentée dans ce récit narratif comme un état d'esprit ou encore une prédisposition personnelle à pardonner et à faire preuve d'humanité non pas par calcul, mais parce qu'on est convaincu que c'est la bonne chose à faire. Elle intègre nécessairement les cinq autres vertus évoquées et contraint en permanence à se purifier de tout ressentiment pour mieux vivre.

*Kunu ye kunu ye, bi ye bi ye, sini yo lakale ye*
Citation Bambara

Traduction possible en français
*Hier représente le passé, aujourd'hui représente le présent,*
*demain représente le récit de tout cela.*

# Prologue

Dans son enfance, Zeïnab adorait la compagnie de son grand-père paternel qui lui racontait régulièrement des contes et des anecdotes. Leur causerie porta un jour sur un jeune bûcheron qui vivait dans un petit village à l'époque d'un prophète dont le nom avait échappé à l'excellent conteur. Ce boquillon était d'une gentillesse sans commune mesure et donnait énormément sans rien attendre en retour. Il se rendait régulièrement dans la brousse le matin pour travailler et rentrait chez lui le soir auprès de sa femme et de ses enfants. Ce jour, comme un autre, il croisa sur son chemin le prophète accompagné de ses disciples. Il les salua courtoisement et continua son chemin. Le prophète, le regardant s'éloigner, confia à ses disciples que ce bûcheron ne verrait pas le prochain levé du soleil. La mort l'attendait ce jour même dans la forêt.

Le bûcheron pénétra dans la brousse profonde et tomba sur un arbre fraîchement déraciné par un vent violent qui avait soufflé la veille. Cette journée commence plutôt bien, se réjouit-il. Il se mit aussitôt au travail.

À peine avait-il commencé qu'il entendit derrière lui une voix le saluant. Il se retourna brusquement pour identifier distinctement cet individu qu'il n'avait ni vu ni entendu s'approcher. C'était une vieille dame transportant un sac rempli d'herbe sur la tête. Il la salua courtoisement en retour.

— J'ai une longue route à faire et il ne me reste plus une seule goutte d'eau dans ma gourde, lui dit la vieille dame. Pouvez-vous m'en donner un peu s'il vous plaît ?

Le boquillon remit sa gourde à la vieille femme qui prit quelques gorgées et versa une quantité suffisante dans la sienne. Elle le remercia de tout son cœur et lui adressa des bénédictions :

— Que Dieu t'accompagne dans les bois et te permette de rentrer sain et sauf auprès de ta famille…

Le lendemain matin, le bûcheron croisa de nouveau le prophète et ses disciples sur son chemin. Il les salua courtoisement et continua sa route. Cela plongea quelques compagnons de l'homme de dieu dans la confusion et l'un d'eux prit son courage à deux mains pour l'interpeller sur le sujet. En toute sagesse, le prophète chargea celui-ci de rattraper le bûcheron et de lui demander de les rejoindre sans délai.

L'homme de foi lui demanda de leur raconter sa précédente journée dans la brousse. Le boquillon leur détailla sa découverte d'un arbre fraîchement déraciné ainsi que sa rencontre avec une vieille dame qu'il décida finalement d'aider à transporter le fardeau jusqu'à son domicile. Il renonça de ce fait à son travail du jour qui lui aurait pourtant rapporté une bonne fortune.

Le prophète lui demanda alors de les conduire à cet arbre et chargea ses disciples de le déplacer. Ils découvrirent très vite un serpent très venimeux qui se sauva précipitamment dans les feuillages et cela fit sursauter en arrière plus d'un. L'ophidien était sorti d'un trou qui avait été fermé par l'arbre à la suite de sa chute.

— En donnant de l'eau à la vieille dame et en acceptant de porter son sac jusqu'à son domicile, tu t'es épargné la morsure mortelle de ce serpent, affirma le prophète. Il est donc clair que la bonté nous est tous profitable. Elle peut même dans certaines situations comme celle-ci nous allonger la vie.

Le bûcheron retourna rapidement auprès de sa femme et de ses enfants. Quel bonheur cela représentait pour lui de pouvoir pleinement profiter de leur compagnie encore une fois de plus et de prendre ses dernières dispositions avant de les quitter pour toujours. Son décès fut observé le lendemain dans la matinée.

# Partie I
# Passer par le chas d'une aiguille

Un pouvoir assez particulier la propulsa dans l'air et lui permit de planer au-dessus de Bamako, une ville irriguée par le fleuve Niger et pratiquement entourée de collines. La ville était pleine de vie et parsemée de maisons couvertes de tôles ondulées, des arbres, des espaces vides souvent transformés en terrain de sport par les jeunes et plusieurs kilomètres de routes bitumées. Avec le vent qui soufflait, elle entendait distinctement le chant des feuilles des arbres qui se balançaient de part et d'autre ; ce même vent qui guidait sa trajectoire de vol et permettait aux nuages de voyager librement dans le ciel.

Elle aperçut au loin des corbeaux noirs qui fonçaient droit sur elle. Elle tenta de changer de trajectoire mais n'y arrivait pas. Quelque chose de bien plus fort l'en empêchait. Les corbeaux craillaient, avaient les griffes bien visibles et voulaient absolument en découdre. Son cœur battit la chamade et ses yeux s'écarquillèrent. Elle tenta encore de se libérer de toutes ses forces mais n'y arrivait toujours pas. Elle comprit alors que le choc était quasiment inévitable.

Un autour chanteur géant la récupéra de justesse avant la collision. Elle s'y agrippa de toutes ses forces pour ne pas tomber. Les corbeaux, encore plus remontés, se mirent à leur poursuite. Mais le sauveur était beaucoup plus rapide et les sema sans grande difficulté. Il se dirigea par la suite vers un point lumineux qui prenait source dans le ciel et se projetait directement sur la terre. La jeune demoiselle, émerveillée par ce beau phénomène de la nature, s'impatientait de s'en approcher de plus près. Au même moment, elle entendit dans le ciel une voix de femme qui lui était adressée.

— Réveille-toi, Zeïnab ! disait cette voix.

Elle fit semblant de ne rien entendre et voulait absolument arriver au point lumineux. Ses membres se mirent à trembler et le monde imaginaire créé dans son rêve disparut subitement. Elle ouvrit difficilement ses yeux et reconnut sa tante Na-Sira qui la secouait pour qu'elle se réveille.

— Il est pratiquement 6 h du matin, l'informa Na-Sira. Nous risquons d'accuser du retard si tu ne te lèves pas maintenant, ajouta-t-elle en prenant la direction de la porte.

Difficile pour Zeïnab de se réveiller fraîche comme une rose à cette heure de la matinée, surtout qu'elle avait été interrompue dans son rêve qui l'émerveillait. Elle croyait dur comme fer que se voir dans l'air comme un oiseau signifiait un grand progrès dans sa vie ; mais l'attitude des corbeaux noirs et l'intervention surprise de l'autour chanteur étaient très étranges. Cela signifierait sans doute une grande menace émanant d'un groupe d'individus qui sera déjouée par l'aide d'une personne bienveillante, s'imagina-t-elle. Il y a là de quoi approcher un interpréteur de songe pour plus d'éclaircissement.

Ses deux cousines partageant la même chambre lui faisaient dos dans leur lit respectif et avaient tiré leur couverture sur elles. Celles-ci ne voulaient aucunement être dérangées dans leur sommeil car les deux jours précédents, chacune d'elle s'était réveillée tôt dans la matinée pour aider leur mère Na-Sira dans les tâches ménagères et n'avait pas perturbé la grasse matinée des autres.

Elle s'efforça finalement de quitter son lit. Elle prit sa brosse à dents et le dentifrice dans l'armoire en bois adossé au mur. Elle se saisit ensuite d'une bouilloire remplie d'eau dans le couloir menant à leur chambre et marcha jusqu'au manguier dans la cour. Elle tira vers elle un petit tabouret en bois pour s'asseoir puis elle lava rapidement son visage et se brossa les dents.

Elle rejoignit par la suite sa tante dans la cuisine située au fond de la cour et dont l'intérieur était très faiblement éclairé. Les murs de cette pièce avaient totalement noirci avec le temps et ne laissaient entrer que quelques lueurs du soleil matinal à travers de petits trous d'aération. L'habitude aidant, les deux dames travaillèrent en parfaite harmonie et se complétèrent sans pratiquement échanger de mot. Pendant que la tante allumait le feu avec du charbon de bois, du pétrole et des brins d'allumette, Zeïnab partit chercher de l'eau au robinet dans la cour. Et lorsque la tante se mit à transformer la farine de mil en petites boules très fines dans la calebasse pour faire de la bouillie, elle s'attelait à attiser le feu de deux fourneaux assis côte à côte avec un éventail en plastique tissé. Elles s'activaient du mieux qu'elles pouvaient pour que le petit déjeuner soit prêt à la bonne heure. Environ une heure et demie plus tard, il était servi.

Zeïnab prit sa bouillie qu'elle mélangea avec du lait en poudre dans un bol en plastique. Après ce repas copieux, elle se pencha de nouveau sur la préparation du déjeuner et, pour cela, il fallait s'approvisionner en condiments au grand marché du quartier. Sa tante lui remit la somme d'argent dont elle avait besoin et elle prit la direction de ce lieu très populaire avec un petit seau en plastique qui lui servait de panier de course.

Elle croisa sur la route une vieille dame qu'elle connaissait bien dans le quartier. Celle-ci était fatiguée par le poids de l'âge et du sac qu'elle portait sur sa tête. Elle l'approcha et l'aida en portant son sac jusqu'à son domicile. La vieille dame poussa un soupir de soulagement et la remercia, les yeux remplis d'émotion.

— J'ai croisé plusieurs jeunes du quartier qui ne m'ont même pas saluée correctement, à plus forte raison m'apporter une aide, affirma-t-elle avec désolation. Aucun d'eux n'avait une minute à me consacrer. Que Dieu te bénisse, ma fille. Qu'il te donne un époux qui prenne soin de toi comme tu le mérites.

— Amine, s'empressa-t-elle de répondre fièrement en pensant à son amoureux qui avait récemment refusé un mariage imposé par ses parents et l'avait également rassurée de ne jamais se séparer d'elle.

« Je remuerais ciel et terre s'il le faut pour qu'on ne me sépare pas de toi, lui avait-il promis en lui tenant la main.

— En reniant tes valeurs familiales ? avait-elle répondu spontanément.

— Les valeurs dont il est question n'assouvissent aucunement mon besoin d'amour.

— Et si cet amour était éphémère ? Ne vas-tu pas me tourner le dos un jour et accepter une proposition de mariage de ta famille ?

— Je reste convaincu qu'en toi cohabitent beauté, amour, sincérité et douceur. J'assume donc entièrement cet amour même si cela devrait me coûter un bras.

— Humm ! soupira-t-elle. Il m'arrive souvent de penser que c'est de la pure folie. Jusqu'où cela va-t-il nous conduire ?

— La vraie folie serait de renoncer à notre amour au profit d'un arrangement égoïste entre parents et au profit d'un foyer sans amour entre conjoints. Ayons confiance en nous, en notre amour et tout ira bien. »

Ce jeune homme se nommait Samba et Zeïnab était éperdument amoureuse de lui. Elle l'admirait pour son calme, sa simplicité, sa générosité, son côté intellectuel et surtout les nombreuses blagues qu'il aimait faire et qui la faisaient rigoler.

Il avait un sourire éclatant, ne pesait pas plus de 75 kg et ne dépassait pas le mètre quatre-vingts. Il était le portrait craché des clichés sur les Peuls nomades au poids plume.

Elle se rendit rapidement au marché après avoir aidé la vieille dame. Comme tous les matins, cet endroit était bondé de monde qui affluait de tous les côtés. Dans de petits passages où se croisaient les personnes venues faire les mêmes courses, elle se déplaçait de hangar en hangar le regard sillonnant les produits qu'elle s'autorisait à toucher souvent tout en engageant le dialogue avec les vendeuses ou les vendeurs. Viande, patte d'arachide, aubergine sauvage et autres condiments nécessaires à la préparation du plat du déjeuner, elle remplissait patiemment son petit seau. Elle était totalement sereine et prenait tout son temps dans ce lieu très bruyant où les cris d'appel à l'achat de certains vendeurs s'entremêlaient avec un bourdonnement global qui s'était installé.

De retour à la maison, elle cuisina sous la supervision de sa tante. Vers 13 h, le repas était prêt. Elles servirent ensemble plusieurs plats dont un pour les enfants, un pour les hommes, un pour les femmes, un pour le chef de famille qui ne rentrait que le petit soir et un qu'il fallait toujours garder en réserve. Certains membres de la famille prirent leur déjeuner en position accroupie tandis que d'autres utilisèrent des petits tabourets ou des chaises. Chaque groupe disposait d'une petite tasse d'eau pour se laver les mains avant et après le repas.

Une fois les ustensiles lavés et posés au soleil après le déjeuner, Zeïnab partit se laver. Elle regagna par la suite d'autres membres de la famille qui s'étaient réunis devant le portail principal de la maison autour d'un thé à la menthe.

La consommation de thé, généralement importé d'Asie, dans les rues par des petits groupes d'individus a toujours été une pratique très banale et très répandue à Bamako. Trois préparations peuvent être faites avec un seul petit paquet et la durée moyenne de préparation excède les trente minutes. Cela laisse suffisamment de temps à ceux qui décident de se réunir de discuter, de plaisanter et de jouer à des jeux de société tels que les cartes.

En attendant son retour dans la cuisine pour s'occuper du dîner, Zeïnab passait un très bon moment sans toutefois oublier son rencart romantique du soir avec son amoureux.

Samba arriva vers 9 h du soir en voiture. Sa bien-aimée avait déjà sorti deux chaises devant la porte et préparait du thé à la menthe.

— Salut, ma dulcinée ! Comment vas-tu ?

— À merveille maintenant que tu es là, répondit-elle la tête légèrement tendue vers lui pour recevoir un bisou. Mon-si-eur a-t-il passé une bonne journée au travail ?

— Ce travail me fatigue avec ses horaires souvent tardifs, regretta-t-il après lui avoir fait le bisou. Peux-tu m'apporter un peu d'eau fraîche ? J'ai vraiment soif.

Elle lui apporta le verre d'eau et trouva une petite boîte emballée sur sa chaise.

— Un cadeau ?

— Oui mon amour ! Un cadeau que je tenais à t'offrir ce soir.

Elle s'assit et déballa précipitamment la boîte.

— J'adore ce collier, l'admira-t-elle.

Une grande joie se dessina sur son visage et elle accola Samba, le remercia affectueusement et se redressa de nouveau sur sa chaise afin d'essayer son collier au cou.

— Comment le trouves-tu sur moi ?

— Il te va super bien. Je suis content qu'il te plaise.

Quelques secondes de silence passèrent et Samba aborda un sujet plus sérieux.

— Je pense que le moment est venu de soumettre notre projet de mariage à nos parents respectifs. Qu'en penses-tu ?

— Super ! Tu pourras rencontrer mon oncle et ma tante demain soir.

Un taxi jaune s'arrêta au même moment à quelques pas des deux amoureux et éteignit ses phares sans couper le moteur. Une jeune dame descendit de la voiture et marcha vers eux. Elle avait les pieds nus et tenait dans ses mains ses chaussures à talon ainsi que son petit sac à main. Ils la reconnurent très rapidement ; il s'agissait de Mamie, une jeune fille qui habitait dans la maison d'en face. Mamie n'était décidément pas dans son assiette ce soir-là et elle le fit savoir dès ses premiers mots.

— Bonsoir ! salua-t-elle sèchement.

Zeïnab et Samba répondirent à son salut.

— Tout va bien Mamie ? s'inquiéta Zeïnab.

— Donne-moi deux secondes, je vais tout te raconter.

Mamie héla un jeune garçon qui entrait dans leur maison et lui demanda de lui apporter une chaise. Pendant l'attente, elle n'arrêtait pas de bouger des pieds et ses bourrelets du ventre qui étaient bien visibles à travers sa robe moulante en couleur marron suivaient ses mouvements. Lorsqu'elle reçut sa chaise, elle se jeta dessus et posa ses affaires au sol. Elle enleva ensuite sa perruque et poussa un grand soupir de soulagement les yeux fermés. Samba et Zeïnab s'échangèrent un regard rapide et se ressaisirent sans qu'elle ne s'en rende compte.

— Je ne sais même pas par où commencer, débuta-t-elle avec une voix tremblante et un visage rempli d'aigreur.

Zeïnab et Samba lui prêtèrent oreille.

— J'avais prévenu Dady hier que je passerais la nuit chez une tante afin de l'aider dans les préparatifs d'une cérémonie prévue pour demain. Mais je ne sais pas quelle mouche m'a piquée, je me suis rendue à l'improviste chez lui. Devinez quoi ! J'ai surpris ce bout d'homme pervers au gros ventre de cochon en train de me tromper avec sa truie de cousine.

— Heee ! laissa échapper Zeïnab qui mit aussitôt sa main sur sa bouche.

Samba baissa légèrement son regard et s'efforça de ne pas rigoler en s'imaginant Dady paniqué devant Mamie qui avait quasiment la même taille et le même poids.

— J'ai fait un grand scandale là-bas et j'ai corrigé comme il se doit cette grosse laie. J'ai également donné une bonne leçon au bout d'homme. Les voisins sont intervenus pour nous séparer. Les hommes sont tous pareils Zeïnab. Il ne faut jamais…

— J'espère que tu ne t'es pas fait mal au moins ? l'interrompit Samba en milieu de phrase sans faire exprès.

— La cochonne a quand même réussi à me griffer à l'épaule, répondit-elle en montrant la blessure. Il n'y aura plus jamais rien entre Dady et moi. Bref ! Ton thé est-il prêt chérie ? Je ne compte pas rester longtemps dehors ; j'ai déjà eu ma dose pour ce soir.

— Je m'apprêtais à le servir à l'instant, dit Zeïnab qui accéléra la préparation et lui tendit en même temps que Samba les deux premiers verres.

Yuuup ! Yuuup ! Yuuup. Mamie but rapidement son thé en trois petites gorgées. Elle ramassa ensuite ses affaires et leur souhaita une bonne soirée.

Les deux jeunes lui souhaitèrent également la même chose.

Mamie et Dady étaient réputés dans le quartier pour leur relation amoureuse versatile. Pendant leurs beaux jours, ils étaient tellement admirables ensemble qu'ils donnaient envie à tout célibataire qui les croisait de se mettre en couple. Mais ils ne faisaient jamais deux semaines de suite sans dispute. Dady n'était pas non plus à sa première infidélité et Mamie avait toujours fini par pardonner. Après chaque réconciliation, elle lui révélait sans réserve les différents jugements négatifs qu'elle avait reçus de part et d'autre et Dady ripostait toujours contre ceux qui parlaient mal dans son dos. Il valait donc mieux se retenir de faire des jugements, avaient décidé Samba et Zeïnab dans un passé récent.

— Vas-tu me tromper un jour avec une autre fille ? demanda Zeïnab à son amoureux d'un air méfiant.

— Sûrement avec une laie le jour où j'aurais un ventre de cochon, éclata-t-il de rire.

Elle se mit également à rire.

— Toi avec un ventre aussi gros ? Cela ne risque pas d'arriver alors ; en tout cas, pas de sitôt.

Ils recentrèrent finalement leur discussion sur la manière de s'y prendre pour annoncer leur intention de mariage à leurs parents.

Samba se présenta au domicile de sa dulcinée le lendemain en début de soirée. Le chef de famille l'invita à prendre place dans un fauteuil et Zeïnab lui apporta un verre d'eau fraîche qu'il but à moitié et posa sur la table basse en face.

— Décidément, notre fille a un très bon goût, complimenta le chef de famille. Ton parfum sent très bon.

— Ouhoum, fit entendre Na-Sira pour appuyer les compliments de son mari.

Samba fit un léger sourire.

— C'est la première fois que notre fille nous présente ouvertement un homme, continua l'oncle. C'est une fille très bien éduquée et jamais nous n'avons eu de soucis avec elle. Vous vous connaissez depuis longtemps ?

— Assez longtemps pour apprendre à nous connaître réellement, répondit-il. Cela fait maintenant un an environ.

— Ça fait effectivement un bon moment, reconnut le chef de famille. Que fais-tu dans la vie ?

— Je suis le responsable des achats de l'usine FEREBA.

— Hummm ! marqua l'oncle en redressant légèrement son buste pour mieux le taquiner sur ce point précis. En voilà un peul qui a fait le choix d'un bureau climatisé au lieu d'aller s'occuper des vaches ! rigola-t-il.

Les autres éclatèrent également de rire.

— Ce n'est pas très clair cette histoire, enchaîna l'oncle. Cela signifie-t-il que ta future belle famille ne recevra pas de lait frais chaque semaine ?

— En tout cas, un peul qui ne possède pas de vaches ne peut prétendre en être un, badina également Na-Sira.

— J'imagine mal celui-là avec un bâton sur le cou en train de promener les vaches, en rajouta Zeïnab.

Ils éclatèrent de rire et le jeune peul finit par placer une phrase pour se défendre.

— Ce qui est sûr, vous recevrez régulièrement du lait frais avec moi.

L'oncle se ressaisit ensuite et continua avec l'échange.

— Tes parents résident-ils à Bamako ?

— Oui, sur la rive droite du fleuve Niger à côté de la gare routière *MOBILI*. J'habite moi-même à une dizaine de minutes d'ici en voiture.

Cette réponse attisa la curiosité du chef de famille.

— Tu vis tout seul alors ?

— Oui, depuis pratiquement deux ans maintenant.

— D'accord, acquiesça l'oncle en touchant sa barbe et en cherchant la bonne formulation de sa prochaine question dont la réponse pouvait s'avérer gênante pour un parent. Il finit par trouver une façon simple et directe de la lui poser.

— Tes parents connaissent-ils Zeïnab ?

— Actuellement… Non. Mais je compte faire les présentations très bientôt.

— Il le faut, répliqua l'oncle d'un ton plus dur car la réponse était effectivement gênante pour lui. Le moment est venu de passer aux choses sérieuses car dans ce pays, c'est aux parents que revient le dernier mot, n'est-ce pas ?

— Absolument, reconnut Samba.

L'oncle demanda à sa femme si elle avait quelque chose à rajouter et celle-ci se racla la gorge avant de prendre la parole.

— Ma fille m'a beaucoup parlé de toi en bien, adressa-t-elle au jeune peul. Maintenant que je t'ai rencontré, je suis sûre qu'elle est entre de bonnes mains. Que la bonne entente règne pour toujours entre vous.

— Amine, répondirent les autres.

— Que votre relation soit comblée de réussite !

— Amine.

— Que Dieu vous accorde beaucoup d'enfants !

— Amine.

— Qu'il entende nos bénédictions !

— Amine.

L'oncle se leva de son fauteuil et les autres en firent de même. Il prit Samba par les épaules et le secoua légèrement de joie en l'accompagnant à la porte.

— J'espère te revoir très souvent désormais.

— Je ne manquerai plus de passer te saluer de temps à autre.

Ils marchèrent jusqu'à la voiture du jeune peul et attendirent qu'il prenne la route. Na-Sira s'approcha de Zeïnab et lui chuchota à l'oreille :

— Ton oncle n'a pas apprécié le fait que Samba ne t'ait pas d'abord présentée à ses parents avant de passer le voir. Mais ce n'est pas grave. Rends-toi disponible demain en début d'après-midi, nous irons voir le grand marabout Famoussa.

Le marabout portait un boubou bleu. Assis sur un tapis en soie au milieu de ses outils de travail, il égrenait son chapelet et susurrait. La présence des deux femmes lui fut annoncée par un de ses disciples qui gérait la file d'attente des visiteurs.

— As-salam-alaykoun[1] Karamoko[2], saluèrent-elles en entrant.

— Wa-alaykoum-salam[3], répondit le marabout. Que le seigneur qui nous a permis de voir ce jour en bonne santé nous comble de bonheur. Prenez place.

Les deux femmes s'assirent sur le tapis en face de lui.

— Bis'millah[4], leur adressa-t-il.

— Je vous consulte à propos du mariage de ma fille Zeïnab ici présente, se lança Na-Sira. Le jeune homme qui envisage de l'épouser a récemment refusé un mariage arrangé par ses parents. Nous avons besoin que vous nous guidiez dans ce qu'il convient de faire pour que rien ne puisse entraver l'union de cet homme et de ma fille.

— Tu as bien fait de venir me voir, la rassura Famoussa. La sagesse nous recommande d'être très prudents avant d'engager un enfant dans un mariage. Nous allons voir ensemble ce qu'il en est réellement et ce qu'il convient de faire.

---

[1] As-salam-alaykoun est une expression pour saluer et signifie « que la paix soit sur vous ».
[2] Karamoko est un terme de la langue bambara qui signifie grand marabout ici.
[3] Wa-alaykoum-salam est une expression pour répondre à une salutation et signifie « que la paix soit aussi sur vous ».
[4] Bis'millah signifie ici « Que me vaut l'honneur de votre visite ».

Il prit un panier rempli de cauris et remit trois de ces petits coquillages à Na-Sira. Celle-ci les approcha de sa bouche et murmura dessus ses souhaits ainsi que ses interrogations. Elle les retourna ensuite à Famoussa qui, à son tour, récita dessus quelques incantations avant de les laisser glisser dans le panier et mélanger le tout. Après plusieurs secondes d'observation des signes, il se mit à parler.

— As-tu déjà rencontré le jeune homme dont il est question ? demanda-t-il à Na-Sira.

— Oui. Il est passé saluer mon mari et moi-même hier soir et nous avons vraiment apprécié sa visite.

Famoussa continua d'observer les signes pendant quelques secondes supplémentaires.

— Comment s'appelle-t-il ?

— Samba, s'empressa de répondre Zeïnab.

— Les parents de Samba n'ont toujours pas abandonné leur projet de mariage malgré son refus, révéla sèchement le marabout.

Il montra ensuite trois cauris qui s'étaient légèrement isolés du reste et dont les bouts se croisaient.

— Vous voyez ! Ils en parlent encore en cachette. On dirait même qu'ils ont pris contact avec un marabout ou un féticheur comme vous le faites en ce moment.

Il continua ses observations et effleura quatre cauris qui formaient un mini arc. Il finit par les ramasser et les donna à Na-Sira.

— Ce sont les offrandes que tu dois faire pour que tout s'arrange pour ta fille. Un mouton blanc, deux poules blanches et un sachet de colas. Le mouton et les poules doivent être mangés au déjeuner et au dîner à la maison et le sachet de colas est à offrir à un vieux du quartier. Tout rentrera dans l'ordre avec ça In-Shaa-Allah[5].

— Cela sera fait, assura Na-Sira qui lui remit les cauris ainsi que deux billets de 5000 FCFA.

— J'ai également fait un rêve auquel je n'ai pas saisi grand-chose, exprima Zeïnab.

Famoussa l'autorisa à le lui raconter.

— J'étais pourchassée par des corbeaux noirs dans l'air et un autour chanteur est venu me sauver de leurs griffes. L'oiseau s'est ensuite dirigé avec moi vers une lumière qui prenait source dans le ciel et se projetait sur la terre.

Le marabout tressaillit et la fixa dans les yeux.

— As-tu vu l'endroit où se projetait cette lumière sur le sol ?

— Malheureusement, je me suis réveillée avant.

— L'autour chanteur t'a-t-il fait penser à une personne quelconque ? Une amie, un parent ?

— À personne. Je n'ai vu qu'un oiseau géant.

— Humm ! soupira le marabout. Ce rêve est très important car il concerne ton avenir. À part moi, tu ne dois le raconter à personne d'autre pour éviter de te faire des ennemis. Et surtout, n'hésite pas à me consulter dorénavant. Je t'interpréterai tes rêves gratuitement. D'ailleurs, passez me voir toutes les deux le samedi prochain en début d'après-midi. Je vous offrirai une séance de divination gratuite et quelques médicaments pour votre projet de mariage.

Les deux femmes acquiescèrent et prirent la porte en souhaitant une bonne journée au marabout.

— Cette offrande coûte trop cher, estima Zeïnab sur le chemin de retour. Je vais peut-être en parler à Samba pour qu'il me donne de quoi la payer.

---

[5] In Sha Allah signifie si Dieu le veut.

— Surtout pas, riposta Na-Sira. J'ai une petite épargne qui suffirait largement à tout couvrir.

Le jour suivant, ils mangèrent de la bonne viande à la maison et Zeïnab offrit un sachet de colas à un vieux mendiant qu'elle avait trouvé devant une mosquée du quartier. Tard dans la nuit, elle fit un second rêve sur l'autour chanteur qui planait avec elle en direction de la source lumineuse. Un vent violent se mit soudainement à souffler. Elle s'agrippa de toutes ses forces à l'oiseau, ferma ses yeux et mit sa tête contre son cou. Un instant plus tard, la tornade avait disparu. Elle voulut apprécier leur atterrissage mais l'intensité de la lumière l'en empêchait. Elle ferma de nouveau ses yeux et attendit que l'oiseau se pose au sol.

L'endroit était très particulier. Une petite cabane mesurant à peine un demi-mètre de hauteur se trouvait au centre de la lumière. À gauche étaient regroupées des personnes habillées en rouge. Celles-ci faisaient dos à la maisonnette et imploraient Dieu en ayant les genoux posés au sol et les paumes tendues au ciel. À droite, discutaient sereinement des individus habillés en blanc. Ils s'adossaient quelques fois à la maisonnette ou la touchaient. Très étrange endroit, pensa Zeïnab en l'approchant avec vigilance.

La porte était fermée. Elle essaya de l'ouvrir mais n'y parvint pas. L'autour chanteur fit quelques pas vers elle et se transforma en une personne qu'elle connaissait bien.

— Que fais-tu ici mon amour ?

— J'avais le devoir de te conduire à cet endroit.

— Je ne comprends rien du tout. C'est quoi cet endroit ?

Samba pointa du doigt la partie de la cabane située entre la porte et le toit et elle se baissa pour voir de plus près. Il y était écrit « Cabane réservée aux magnanimes exceptionnels ».

Elle se redressa et lui demanda ce que cela signifiait. Le jeune peul indiqua de nouveau le même endroit car la phrase avait changé. Il y était écrit cette fois : « Pousse la porte et elle s'ouvrira. Rentre toute seule ».

Samba posa sa main sur une épaule de sa bien-aimée qui se redressa aussitôt. Avec la plus grande tendresse, il lui caressa le ventre.

— Ô ! Quel bonheur, jubila-t-elle en voyant la taille de son ventre. Suis-moi à l'intérieur, nous allons en parler.

— Nous devons respecter les consignes, la contraignit-il. Je t'attendrai dehors jusqu'à ton retour.

Elle se baissa, poussa la porte de la cabane et descendit les marches d'un escalier lumineux au milieu d'une grande obscurité. La porte se referma aussitôt derrière elle et les poils de ses bras se hérissèrent. En un laps de temps, l'intérieur devint lumineux et spacieux. Les murs étaient décorés par des cristaux qui brillaient et elle pouvait également voir ce qui se passait dehors.

— Quel endroit magnifique, apprécia-t-elle.

Les groupes de personnes étaient toujours là et Samba s'était approché des individus vêtus de blanc. Le voyant porter un bébé bien couvert par un drap, elle toucha instinctivement son ventre qui avait perdu son volume. Elle voulut rebrousser chemin et rejoindre son amoureux mais elle tomba nez à nez sur son grand-père paternel.

— Grand-père ! l'aborda-t-elle de joie.

— Ô ma petite fille, s'empressa de répondre le vieil homme. Tu es enfin entrée dans la cabane de la lumière divine. Tu m'avais tellement manqué.

Le grand-père la prit par la main et l'invita à occuper un siège qui apparut en face.

— C'est quoi cet endroit ? lui demanda-t-elle.

— C'est un endroit réservé aux magnanimes exceptionnels.

— Qui sont donc ces personnes habillées en rouge et en blanc dehors ?

— Les personnes en rouge sont simplement au courant de l'existence de cette lumière divine. Elles implorent Dieu pour la voir un jour mais cela ne risque sûrement pas d'arriver. Tu vois, il y a parmi eux le marabout Famoussa que tu as rencontré récemment.

Elle l'identifia effectivement dans la foule.

— Les personnes en blanc sont les magnanimes dotés de qualités exceptionnelles à qui l'accès à cette cabane a été ou sera autorisé. Ce sont des magnanimes avec un grand destin.

— Samba en est-il un ?

— Malheureusement non. Il est certes magnanime mais il ne porte pas d'habit blanc. En revanche, son enfant qu'il a dans les mains est un magnanime exceptionnel.

— Son enfant dis-tu ? Il est aussi mon enfant ?

— Hummm ! soupira-t-il. Tu auras cette réponse très bientôt, ma chérie.

— Qu'ai-je d'exceptionnel que le marabout Famoussa n'a pas au juste ? Il a beaucoup plus de connaissance, de disciples et de ressources que je n'ai jamais eus.

— Peut-être que c'est effectivement le cas aujourd'hui, mais une chose est sûre, il n'a pas le cœur et l'âme aussi purs que les tiens. Je vais devoir te laisser ouvrir cette porte que tu as à ta droite. Tu as beaucoup de choses à découvrir dans cette cabane. Je resterai ici à t'attendre car il nous reste encore des choses à nous dire.

Elle poussa la porte et se retrouva dans une pièce où trois individus l'attendaient en position debout. Le premier ressemblait à un grand marabout habillé en boubou blanc avec un turban de la même couleur sur la tête. Il lui tendit un livre religieux et l'invita à devenir une érudite.

— Accepte de devenir comme moi et deviens par cet acte un membre du cercle des érudits. Les gens viendront des quatre coins du monde pour apprendre à tes côtés et recevoir tes bénédictions. Ils te combleront de tout ce dont tu auras besoin et avec le temps, ils t'élèveront parmi les plus respectés du Mali. Tu contribueras également à rendre ton entourage meilleur avec le savoir et la croyance divine.

À côté de l'érudit se tenait une dame habillée comme une reine. Elle tendit à son tour sa main droite remplie de bijoux très précieux et invita la jeune demoiselle à lui ressembler.

— Deviens comme moi et tu seras le centre de tous les intérêts. Tu figureras parmi les plus riches du Mali et ne manqueras ni d'or, ni de diamant, ni d'aucun bijou précieux que peut désirer une femme. Les personnes les plus influentes de ce pays feront partie de ton réseau et tu seras sollicitée pour tous les grands projets qui seront entrepris. Tu seras accueillie comme une reine partout où tu te rendras et tu contribueras à rendre ton entourage meilleur avec ta richesse, ton pouvoir et tes investissements.

La troisième personne était également une dame. Vêtue d'une tenue que sa tante Na-Sira aimait porter à la maison, elle s'avança légèrement et tendit son bras avec une poudre blanche.

— Je n'ai pas ce que possèdent ces deux autres mais je ne suis pas non plus Bécassine[6]. Par Dieu et les bons esprits, je suis l'une des personnes les plus avisées de cette terre. La nature et les songes m'orientent constamment. Si tu choisis de me ressembler, alors tu pourras aider les autres à faire les meilleurs choix qui impacteront positivement leur avenir. Ceci sera ta plus grande richesse.

Les trois individus répétèrent tous ensemble « Il te faut maintenant faire un choix ».

Ce choix ne fut pas très compliqué pour Zeïnab. En effet, elle n'avait pas une grande soif de connaissance et ne désirait encore moins devenir une érudite. Elle hésita tout de même un instant entre les deux options restantes. Certes, être aussi riche qu'une reine ferait rêver toute femme, mais sa tante à laquelle ressemblait la troisième dame était très heureuse et épanouie. De plus, elle se rappelait encore un conseil de son grand-père qui s'appliquait ici :

« Ceux qui vivent dans le plus grand luxe ne sont pas forcément les plus heureux. Tant mieux si tes efforts te permettent d'avoir autant de moyens qu'eux, mais tu ne dois jamais accepter de trahir tes principes de vie pour les ressembler. Et si un jour tu devais choisir entre le grand luxe et une vie simple et épanouie, je te recommande le second ».

Elle suivit les conseils de son grand-père et choisit de ressembler à la dame sobre et avisée. Les trois individus s'inclinèrent légèrement devant elle à reculons et lui indiquèrent la prochaine porte à franchir en disant : « Qu'il en soit ainsi ».

Elle réapparut dans une ruelle de Bougoumori, une localité qu'elle connaissait suffisamment bien depuis son enfance. Fille unique d'un père cultivateur et d'une mère au foyer vivant

---

[6] Bécassine : Se dit d'une bonne provinciale ou d'une fille de ferme.

encore dans ce lieu au moment où elle faisait ce rêve, Zeïnab y naquit au milieu des années 1970. Dès ses plus jeunes âges, elle fut confiée à un cousin de son père domicilié à Bamako, son oncle, pour être scolarisée dans un centre d'enseignement public et gratuit. Dans ce pays où la pauvreté était à son summum dans certaines localités, l'accès à ce droit fondamental était un plus malgré les conditions minimalistes dans lesquelles l'enseignement se faisait. Il permit à la petite fille qu'elle était d'être décomplexée, de se faufiler entre les mailles du filet de l'apprentissage et de se hisser au même rang que les autres enfants de la capitale. Après deux échecs successifs au Baccalauréat, elle finit par l'obtenir et mit fin à sa scolarité. Elle se retrouva par la suite au chômage comme plein d'autres jeunes de sa génération.

Devenue une citadine par ses traits de comportement, elle ne s'était pourtant jamais réellement détachée de son village natal. Pendant les vacances scolaires, elle s'y rendait et aimait ce moment de relâchement qui lui permettait d'être entourée de ses parents biologiques. Loin du bruit des voitures et des motos de la capitale, elle appréciait énormément cette simplicité de la vie du village. De même, ces périodes étaient idéales pour s'imprégner des us, des coutumes et d'autres valeurs ancestrales. Elle apprenait auprès des siens des choses qu'elle n'aurait apprises nulle part ailleurs ; des choses qui ont un lien avec sa personne et dont l'objet était d'orienter son avenir, son destin. Son défunt grand-père paternel, ancien chef de leur village, joua un très grand rôle dans la transmission de ce savoir.

Elle aperçut un jeune homme accroupi au bout de la ruelle en train de pleurer à chaudes larmes.

— Pourquoi pleures-tu ainsi sur la place publique ? lui demanda-t-elle.

Le jeune homme ne daigna guère répondre.

— C'est à toi que je parle, insista-t-elle en le touchant.

Le jeune homme leva sa tête pour la regarder un instant et continua de sangloter. Ses yeux étaient rouges de sang et avaient gonflé.

— Y a-t-il eu un décès ? demanda-t-elle nerveusement. Quelqu'un a-t-il eu un accident ? Quelqu'un t'a-t-il battu ?

Il répondit non de la tête à chaque fois.

— Alors pourquoi pleures-tu ainsi ?

Il sanglota davantage à cette question. Le cœur fragile de la jeune demoiselle craqua et ses larmes se mirent à couler. Elle courut vers l'arbre à palabre du village et en informa les vieux qui s'y réunissaient quotidiennement. Ceux-ci chargèrent deux gaillards de leur ramener le jeune homme concerné.

Les anciens lui demandèrent de s'expliquer. Il continua de sangloter sans répondre. Quelques vieux perdirent patience et se mirent à l'insulter pour qu'il réagisse ; mais le chef de la localité leur fit un geste d'arrêter de le brusquer ainsi. Il lui parla plus calmement.

— Si c'est difficile pour toi de me répondre à vive voix, tu peux le faire par des signes de la tête. Y a-t-il eu un évènement malheureux dans ta famille ?

Le jeune homme répondit négativement de la tête.

— As-tu commis un grand péché ?

Il répondit positivement de la tête.

« Astagh-firullah[7] ! » se fit entendre à plusieurs reprises au sein des anciens. Les larmes de Zeïnab coulaient toujours en voyant ce jeune homme dans ce triste état. Qu'a-t-il pu faire pour être autant inconsolable ?

---

[7] Astagh-firullah signifie pardon à Allah.

— Tu vas maintenant te retenir et nous dire ce que tu as fait réellement, ordonna le chef.

— Ce que j'ai fait n'est pas pardonnable, s'efforça-t-il de répondre au milieu des sanglots. La portée de ce péché est très grande ; je suis fini.

Les anciens se mirent à grommeler.

— Libère-toi de ce fardeau, lui conseilla le chef. Assume ton péché ainsi que les sanctions que tu encours en homme et honore ta famille et tes ancêtres.

Après quelque temps d'hésitation, le jeune homme confessa finalement.

— J'ai fait du prélèvement d'organes en profanant une tombe.

« Astagh-firullah » se fit entendre de nouveau à plusieurs reprises parmi les anciens. « Abomination, Malédiction, Catastrophe, Satan… », le visage du chef durcit subitement et les larmes de Zeïnab séchèrent. Elle était abasourdie par ce qu'elle venait d'entendre.

— Tu connais déjà la sentence de ton acte, lui rappela le chef. Ce que tu as fait est inacceptable. Je te ferai accompagner par deux gardes pour retrouver la famille de la victime et leur en informer. Tu seras ensuite banni de la localité pour toujours. Ce jugement est-il juste à tes yeux Zeïnab ? Toi qui nous as apporté l'affaire de ce… gus ce matin.

Les autres vieux tournèrent leur regard vers elle.

— Vous êtes les plus sages et connaissez mieux que quiconque ce qu'il convient de faire, répondit-elle.

— Je veux également entendre ton avis sur la décision prise, insista le chef.

Elle hésita quelques secondes et finit par le donner.

— Je suis consciente que ce qu'il a fait est inadmissible. Mais pour quelqu'un qui se sent autant mal pour une faute qu'il a commise, j'aurai été tentée de connaître les raisons qui l'ont poussé à agir ainsi avant toute sanction.

— À quoi bon perdre son temps à écouter les balivernes du coupable d'un acte aussi abominable, lança un vieux. Ce garçon doit rapidement être banni pour protéger cette localité contre les calamités divines qui pourraient résulter de son acte.

— Elle a pourtant raison, reconnut le chef. Qu'est-ce qui t'est passé par la tête pour agir ainsi jeune homme ?

— Mon père n'étant plus de ce monde, ma maman était tombée gravement malade et devait être soignée urgemment à l'hôpital. Il fallait absolument trouver de quoi prendre en charge ses soins. Misérables que nous sommes, j'ai cherché de l'aide de tous les côtés mais je n'en ai pas eu. Alors, un étranger qui était de passage par ce village et que j'avais approché pour avoir un peu d'aide m'a proposé ce deal. Après mûre réflexion, j'ai fini par accepter pour sauver la vie de celle qui m'a mis au monde.

Un bourdonnement se fit entendre au sein des vieux.

— Une fois remise de sa maladie, continua le jeune homme, ma maman me demanda la source de l'argent de ses soins médicaux. J'ai été obligé de lui mentir car elle ne me pardonnerait jamais d'avoir fait un tel acte pour lui sauver la vie. C'est à ce moment précis que j'ai réalisé que ce j'avais fait n'était nullement pardonnable par qui que ce soit.

Sonné par ce qu'il venait d'entendre, le chef se retourna de nouveau vers Zeïnab :

— Que nous proposes-tu de faire à présent ?

— Il a fait un choix très courageux de sauver une vie qui lui est chère en profanant une tombe. Même si son acte reste condamnable, son repentir est très sincère. Vous devriez sûrement lui permettre de se soulager la conscience en l'aidant à corriger sa faute auprès de la famille de la victime et auprès de sa propre mère. Peut-être obtiendra-t-il votre pardon ainsi que le pardon des autres parties concernées avec votre aide.

— Qu'il en soit ainsi, dirent tous ensemble les vieux présents sous l'arbre à palabre.

La jeune demoiselle fut aussitôt transportée sur un terrain de lutte sénégalaise. Une dame portant des talismans aux deux bras se trouvait en face d'elle. Derrière celle-ci se tenait le marabout Famoussa qui récitait une prière salvatrice pour avoir la victoire.

— Qu'est-ce que c'est que ça encore ? s'interrogea-t-elle, perdue par l'environnement dans lequel elle se trouvait.

Son adversaire s'avança la première et lui dit :

— Je suis la marâtre de Samba. Tu as décidé de te mettre sur ma route en voulant te marier avec lui et je ne peux pas te laisser faire cela. Apprête-toi à subir ma colère, hurla-t-elle.

Samba venait effectivement d'une famille très nombreuse et était le fils d'un père polygame qui épousa deux femmes et eût douze enfants. Il représentait un minuscule point sur un arbre généalogique dont les branches se multipliaient rapidement au fil des générations. Des cousins et cousines, il en avait des vingtaines, sans parler des parents paternels ou maternels dont il ignorait complètement l'existence des uns ou n'avait entendu parler que d'autres, partis s'installer dans une autre ville du Mali ou dans un autre pays.

Le marabout Famoussa versa un bidon rempli de décoction de plantes sur la marâtre du jeune peul. Celle-ci se mit aussitôt à faire des vagues avec ses deux mains puis figea ses bras en position cobra et siffla « Suuuuuuu ». Une flèche sortie de nulle part fut lancée en direction de sa rivale.

Zeïnab voyait la flèche arriver sur elle au ralenti. Elle distinguait toutes les parties de l'instrument de chasse dont la pointe était une tête de cobra et la queue était une dague de scorpion. Elle se pencha légèrement à droite et l'évita. L'action se déroula tellement vite aux yeux de son adversaire que celle-ci crût que Zeïnab n'avait pas bougé de sa place et que la flèche n'était pas allée loin.

La marâtre de Samba jeta trois autres flèches de la même sorte sous un hurlement plus aigu. Zeïnab les voyait encore arriver sur elle au ralenti et un vieil homme fit son apparition à sa droite.

— Tu peux changer la direction des flèches en l'orientant sur ton adversaire, lui dit-il.

Surprise par la présence de celui-ci à ses côtés, elle recula légèrement de peur.

— Si je fais cela, peut-elle en mourir ?

— Je crains bien que oui car le sortilège est si puissant qu'elle n'y trouvera aucun remède.

— Dans ce cas, je préfère juste éviter les flèches et sauver nos deux vies.

— Pourquoi te soucies-tu d'une femme qui cherche tant à te tuer ? Peut-être faut-il te débarrasser d'elle maintenant que l'occasion t'est donnée ?

— Quelle différence aurais-je avec un assassin s'il me fallait exterminer ceux qui cherchent à me nuire ? Je préfère simplement me prémunir contre les dangers.

— Qu'il en soit ainsi, dit le vieil homme à reculons.

Elle évita les flèches et cela devint une fois de plus insupportable pour la marâtre de Samba. Ne maîtrisant plus sa colère, cette dernière hurla si fort qu'une multitude de serpents rampèrent vers son adversaire. Les ophidiens étaient tellement nombreux que Zeïnab prit peur et se mit à courir pour les échapper. Le marabout Famoussa en rigola aux larmes.

Les serpents rampaient trop rapidement et rattrapaient Zeïnab dans sa course. N'ayant aucune autre échappatoire, elle implora Dieu de lui venir en aide et une forte pluie s'abattit sur eux, balayant tous les serpents. Une porte apparut aussitôt à sa droite. Elle s'arrêta un moment et se retourna pour regarder la marâtre de son amoureux. Elle ouvrit finalement la porte en se disant « Ce n'est pas possible ».

Elle réapparut dans la cabine d'un navire pirate en pleine mer. De l'humidité mélangée à l'odeur du bois, du gasoil et de l'eau de mer empestait le lieu. Elle remonta rapidement sur le pont du navire et y trouva Samba et Famoussa habillés en pirate. À côté du marabout se tenait également sa cousine, la première fille de sa tante Na-Sira.

Les deux pirates tenaient chacun un oiseau dans la main. Celui de Famoussa était un vautour et Samba avait une colombe. Famoussa lâcha son vautour pour qu'il aille se poser sur le mât de Beaupré. L'oiseau fut emporté par une marée haute en milieu de chemin et le marabout hurla de douleur. Samba tourna son regard vers Zeïnab qui implorait Dieu pour que la colombe réussisse l'exploit. Il lâcha à son tour son oiseau qui lutta contre vents et marées et parvint à atteindre le mât de Beaupré. Un soulagement se dessina sur son visage et quelques secondes plus tard, l'oiseau revint dans ses bras. Il s'approcha alors de sa dulcinée et lui fit un bisou sur le front.

La fille de Na-Sira remit un petit sac à Zeïnab en guise de cadeau pour l'exploit de la colombe. Un petit serpent y jaillit et la mordit brutalement à la main. Ses débattements des bras projetèrent l'ophidien dans la mer. La blessure s'infecta rapidement et le venin se propagea dans le reste de son corps qui devenait progressivement pâle. Elle s'écroula sur le pont, les paupières alourdies et perdit conscience. Famoussa et sa cousine s'en réjouirent, Samba s'affola.

Un vieil homme surgit de nouveau et lui vint en aide. D'un geste de la main droite, il immobilisa Famoussa et la fille de Na-Sira et demanda à Samba de le laisser s'en occuper. Il sortit un petit flacon de sa poche et versa quelques gouttes dans la bouche de la demoiselle. Ce remède neutralisa le venin de son corps et elle se releva comme si de rien n'était.

— Quel châtiment souhaites-tu que j'inflige à ces deux après ce qu'ils viennent de te faire vivre ? demanda le vieil homme.

Zeïnab respirait bruyamment avec un air très grave. Cependant, au-delà de l'attaque qui l'avait irrité et l'avait poussé dans ses derniers retranchements, son esprit la retenait prisonnière de l'inaction et du moindre mal. Elle eut beaucoup de peine pour ses adversaires en les voyant figés comme une glace, malgré la colère qu'elle ressentait à leur égard.

— Rien, répondit-elle à son sauveur. Rien.

— Qu'il en soit ainsi, approuva le vieil homme.

Une nouvelle porte apparut sur le pont du bateau. Elle l'ouvrit avec une grande nervosité et la claqua derrière elle.

Elle retrouva son grand-père assis sur le siège et prit place à ses côtés avec un visage triste.

— Pourquoi la marâtre de Samba, ma cousine et aussi Famoussa veulent tant me nuire ? lui demanda-t-elle. Pourquoi autant de méchanceté ?

— Serait-ce cela qui t'a marquée le plus pendant ce parcours ?

— On peut dire ainsi.

— Ô, ma pauvre petite fille ! Sache désormais que tout le monde n'est pas comme toi. La nature t'a comblée d'une si belle âme que tu es incapable de faire du mal à une mouche. Pourtant, des jours bien sombres arriveront dans ta vie. Tu devras alors faire preuve de discernement dans ta relation avec les autres et avoir à l'esprit que ce sont les personnes qui nous sont familières qui sont très souvent nos pires ennemis.

Elle fit signe de la tête d'avoir compris le message et tourna son regard vers Samba qui tenait encore l'enfant dans ses bras dehors.

— Cet enfant qu'il porte est-il également le mien ?

— Oui, il est le fruit de votre union une fois que tu passeras par le chas d'une aiguille.

— C'est-à-dire ?

— Tu le sauras le moment venu. Reste tout de même vigilante aux signes qui t'entourent et sache faire preuve de clémence comme tu l'as faite ici. Un grand destin t'attend au bout des efforts que tu consentiras.

Elle hocha de nouveau la tête pour signifier que le message était bien passé.

— Une dernière chose très importante, souligna le grand-père. Un vieil homme très proche du père de Samba va vouloir te rencontrer très bientôt. Apporte-lui trois colas blancs en mon nom et il te remettra un cadeau que j'ai personnellement confectionné pour toi. Une fois que tu recevras ce cadeau, demande de l'aide s'il le faut ; mais seulement s'il le faut.

BAAM ! resonna dans la chambre où dormaient les trois filles sans que Zeïnab n'ait eu le temps de terminer la discussion avec son grand-père dans le rêve. Un sac venait de tomber de l'armoire.

— Tchippp, fit la première fille de Na-Sira. Encore ce sac qui empêche de dormir. Il faudra s'en débarrasser pour être tranquille dans cette chambre.

— On doit le faire aujourd'hui même, compléta sa sœur.

Zeïnab ne fit aucun commentaire. Elle se contenta de changer de position sur son lit afin de mieux analyser tout ce qu'elle venait de vivre dans son rêve.

Le soir venu, Samba arriva à la même heure qu'à ses habitudes. Il n'était pas bien dans sa peau. Son visage et ses yeux trahissaient simultanément ses émotions que sa bouche refusait encore de décrire. Au bout d'un certain temps, l'insistance de sa dulcinée finit par le convaincre de partager son inquiétude.

— Je suis dans une vraie impasse, admit-il. Comment comprendre qu'à mon âge, je me retrouve encore bloqué par ma famille sur une décision aussi élémentaire que celle de choisir mon épouse ? Ils ne veulent pas de notre projet de mariage. Je suis confus.

Zeïnab eut peur sur le coup et poussa un léger soupir. Elle plaça ensuite sa main droite sous son menton et fixa le jeune peul avec désolation.

— Comment a réagi concrètement ta mère lorsque tu lui en as parlé ? lui demanda-t-elle.

— Elle est dans une position mitigée. D'un côté, il y a moi, la chair de sa chair. Elle se sent en quelques sortes obligée de m'aider à tout prix. De l'autre côté, il y a la pression de la famille et de notre communauté peule pour le respect strict de nos valeurs qu'elle n'a encore jamais transgressées. Tu sais, elle est une cousine de mon père avant d'être sa femme. Elle reçoit actuellement beaucoup de visites dans l'optique de me raisonner à accepter d'épouser ma cousine. D'ailleurs, il faudrait que je te présente à ma mère ces jours-ci. Elle est très gentille.

— Je n'ose même pas imaginer ce qu'elle traverse actuellement. Cela ne doit vraiment pas être facile pour elle. Et ton père, comment a-t-il réagi quand tu lui en as parlé ?

— Il m'a simplement rappelé que ce sont ses frères et surtout son cadet Hamadi qui ont la lourde responsabilité de m'autoriser ou non ce mariage. Je suis donc allé voir Hamadi qui a été très catégorique. Accepter d'épouser ma cousine ou oublier son consentement.

— J'espère au moins que tes frères et sœurs de lait te suivent sur ta décision ?

— Leur cas est assez particulier. Mes deux sœurs sont très proches de la cousine que je ne souhaite pas épouser. Elles ont été profondément attristées par mon refus mais m'ont promis de ne pas s'en mêler. Quant à mes petits frères jumeaux, ça leur est complètement égal tout ça. Ils sont encore au collège.

— Je pense alors que nous devons nous rabattre sur ta mère. Les mères sont généralement prêtes à faire l'impossible pour leurs enfants. J'ai l'intime conviction qu'elle est celle qui pourrait nous trouver une solution et je serais ravie de la rencontrer très prochainement avec toi.

— Dans ce cas, je vais rapidement organiser cela. De ton côté, allège au maximum ton programme de la semaine. Je pourrais passer te prendre à tout moment pour la rencontrer.

Famoussa guettait l'arrivée de Zeïnab et de Na-Sira en début d'après-midi. Depuis leur dernière rencontre, il avait refait sa salle de consultation en remplaçant les vieux tapis en soie par des nouveaux et en rangeant minutieusement ses outils de travail. Il avait également acheté un ventilateur sur pied et n'autorisait l'usage des éventails en plastique tissé qu'en cas de coupure d'électricité. Au fond de la pièce se trouvait une petite table en bois couverte d'une nappe bleue et sur laquelle étaient posés un panier de fruits ainsi que de la boisson et des glaçons. La pièce étant agréablement embaumée avec de l'encens que sa femme avait brûlé, la porte et la fenêtre bien fermées pour ne pas laisser échapper rapidement la fumée, le grand marabout préparait les médicaments traditionnels qu'il vendait à ses clients.

Un de ses disciples vint lui annoncer la présence de celles qu'il attendait.

— Fais-les entrer, lui ordonna-t-il. Et surtout, ferme bien la porte derrière elles et que personne ne nous dérange.

Zeïnab et Na-Sira saluèrent poliment et s'assirent sur le tapis en face de lui. Elles scrutèrent la pièce des yeux à la recherche de changements et cela ravit Famoussa qui fit tout de même semblant de ne pas s'en apercevoir.

— Je vous attendais justement, leur dit-il. Avez-vous fait les offrandes que je vous ai recommandées la dernière fois ?

— Oui, nous avons suivi à la lettre vos instructions, répondit Na-Sira.

— Cela est une bonne chose. De mon côté, j'ai regardé avec la plus grande attention le projet de mariage de ta fille. Comme le dit un proverbe malien, il est absurde de prétendre aimer un chien et mépriser sa queue. Zeïnab a beau être heureuse avec Samba, si elle ne parvenait pas à s'entendre avec le reste de sa belle-famille, alors la situation se détériorera petit à petit jusqu'à ce que, je ne le souhaite pas, le pire se produise un jour, c'est-à-dire le divorce. Pour éviter cela et faire rayonner l'harmonie entre eux, je lui ai préparé un médicament traditionnel.

Il prit une bouteille en plastique remplie de la décoction de plusieurs plantes et la donna à Na-Sira.

— Durant trois jours consécutifs et à chaque fois que ta fille ira se laver, elle devra verser une petite quantité de ce liquide dans le seau d'eau qu'elle utilisera. Qu'elle reste également vigilante à ne pas finir la bouteille avant les trois jours ; cela est extrêmement important.

Na-Sira le remercia.

— Ô, mon Dieu ! J'ai oublié d'envoyer un disciple me chercher un produit au marché. Faites comme chez vous. Prenez des fruits et de la boisson, je reviens tout de suite.

Il se retira en vitesse de la salle et prit soin de refermer la porte après lui.

— Ne t'avais-je pas dit que ce marabout nous sera d'une grande utilité, se réjouit Na-Sira. Faisons-lui confiance, il ne nous décevra pas.

— Je l'espère bien. J'ai l'impression qu'il a également touché le gros lot pour se permettre une telle transformation de cette pièce. Il ne semble plus être le même Famoussa hein !

Elles en rigolèrent et prirent quelques fruits sans se douter une seconde que le marabout était resté derrière la porte à les écouter.

— Me voilà de retour, dit-il en regagnant la pièce. Nous pouvons nous pencher maintenant sur ton cas Na-Sira. J'ai vu dans mes cauris que tu pourrais recevoir une importante somme d'argent. Toutefois, il te faut mettre toutes les chances de ton côté en mettant cette poudre que voici dans de la bouillie de mil et la boire. Si tu fais ça correctement pendant trois jours de suite, tu m'en diras des nouvelles dans quelques semaines In-Shaa-Allah.

Na-Sira prit le sachet de poudre et remercia une fois de plus le marabout.

— Je vous avais promis une consultation gratuite aujourd'hui et je tiens toujours mes promesses, rappela-t-il. Dis-moi tout de même Zeïnab, qu'as-tu appris de nouveau sur la lumière divine ?

Depuis son dernier rêve sur la cabane des magnanimes exceptionnels et l'adversité que Famoussa lui avait opposé, elle ne voyait plus ce marabout d'un bon œil.

— Je n'ai plus fait de rêve sur cette lumière, balbutia-t-elle en mentant.

— En es-tu sûre jeune fille ? insista-t-il.

— Absolument !

— Sachez en tout cas que ma porte vous est grandement ouverte et que je ferais tout ce qu'il y a dans mon pouvoir pour que vos vœux se réalisent. Que le seigneur qui nous a permis de voir ce jour en bonne santé nous comble de bonheur.

— Amine, agréèrent les clientes avant de reprendre la route.

Trois jours plus tard, Samba et sa mère reçurent Zeïnab en catimini chez lui. La jeune demoiselle était soigneusement habillée et avait de la prestance. Elle était également très souriante. D'ailleurs, elle souriait plus qu'elle ne parlait et cela avait marqué la vieille mère. Ils passèrent une bonne trentaine de minutes ensemble avant que Samba ne la ramène chez elle pour ensuite avoir les avis de sa mère.

— Depuis qu'elle a franchi cette porte, je n'ai pas raté un seul de ses faits et gestes, affirma la mère. Elle me paraît authentique et brille autant dans son for intérieur que dans son style vestimentaire. Elle est aussi rassurante dans sa façon de s'y prendre avec les autres. Avec le peu d'expérience que j'ai, elle ferait une très bonne épouse. Cependant, elle ne comprend pas un seul mot de la langue peule. Cela pourrait être un sérieux handicap pour elle si elle devenait ta femme. Et puis, à chaque fois que je me mets à imaginer le comportement que tes autres parents pourraient avoir à son égard, cela m'effraie.

— Je suis rassuré que tu aies également remarqué toutes ces qualités. À Bamako, pratiquement tout le monde comprend et parle le Bambara[8]. Sinon, il y a également la langue officielle qu'est le français. Elle se débrouillera avec ces deux langues qu'elle parle parfaitement et tu peux être sûre que je ferais tout mon possible pour la protéger contre les agissements de nos parents. Le plus important pour moi en ce moment est de trouver

---

[8] Bambara : Langue nationale du Mali.

un moyen de faire d'elle ma femme. Comment pouvons-nous procéder à ton avis ?

— Ta défense sur ce sujet auprès de ton oncle Hamadi doit être assurée par quelqu'un d'autre que ton père. C'est pourquoi, avant ton retour, j'ai réfléchi à une personne qui pourrait bien remplir cette mission.

— Qui t'est donc venu à l'esprit ? demanda-t-il avec enthousiasme.

— Gouro, le griot de ton père. Il faut absolument le convaincre de s'impliquer dans cette affaire. Il est notre dernier recours…

Samba s'invita chez Gouro qui se trouvait au milieu de plusieurs apprentis griots en train de déclamer des récits historiques sous le son d'une kora[9]. Le vieux griot aperçut au loin le jeune peul arriver et se leva pour l'accueillir. Ils s'isolèrent ensuite dans un coin dans la cour.

— Quelle bonne nouvelle m'apportes-tu jeune homme ?

— Je viens plutôt solliciter ton aide Gouro.

— Bis'millah[10].

— J'ai besoin que tu m'aides à convaincre mon père et mes oncles de me laisser épouser une fille que j'ai déjà choisie et qui n'est pas peule.

Gouro tressauta et marqua un moment de silence avant de lui répondre.

— Nos anciens aimaient nous prévenir qu'il est plus judicieux de quitter un village que de se mettre à bafouer publiquement ses mœurs. Le monde s'est construit sur des piliers dont certains favorisent le vivre ensemble dans la famille,

---

[9] Kora : Instrument de musique.

[10] Bis'millah : Signifie ici « tu as la parole » ou encore « je t'écoute ».

dans la communauté et dans la société. Tu es issu d'une très grande famille Samba. Au-delà des nombreux parents que tu as, ce sont les valeurs que ta famille a su conserver à travers le temps qui définissent son identité et font sa grandeur. Valeurs d'unité, de solidarité, d'entraide, d'assistance et surtout de communion. Griot que je suis, mon rôle est de contribuer à l'union des membres de ta famille et à la fortification de vos liens. Je ne peux rien t'imposer, mais je te recommande vivement de reconsidérer ton choix et d'accepter de te marier avec ta cousine.

— Cela m'est impossible Gouro car Zeïnab est comme la prunelle de mes yeux. Je reconnais également t'avoir demandé quelque chose qui sort carrément de ton rôle. J'aimerais tout de même te demander un autre service si cela ne te dérange pas.

— Il est toujours délicat de raisonner un être perdu dans les flammes d'un amour qui s'éteint très souvent après le mariage. Mais tu dois comprendre que dans notre communauté, nous accordons une grande importance à l'éducation contre le péché et à la valorisation des intérêts communs. Les libertés individuelles viennent seulement après ces deux et nous ne les soutenons que lorsqu'elles ne s'opposent pas aux intérêts de tous. Comment pourrais-je t'être encore utile jeune peul ?

— Dans tes fonctions de griots, tu sais reconnaître chez une femme si elle porte le « téré[11] » pour son mari. Peux-tu recevoir Zeïnab ici chez toi et me dire si elle est une femme à épouser ou non ?

— Tu veux connaître ces détails pour t'en servir auprès de ton père et de tes oncles ?

— En toute franchise, je veux simplement avoir ton avis sur elle.

---

[11] Téré signifie Guigne ou malchance.

— Dans ce cas, je te rendrais ce service vu que tu y tiens. Je n'interviendrais pas tout de même en ta faveur auprès de tes parents. Indique à ta Zeïnab le chemin de ma maison et dis-lui de passer me voir toute seule demain en milieu d'après-midi. Tu auras toutes tes réponses après notre entrevue.

Samba retrouva sa dulcinée et l'invita à dîner dans un restaurant chic de la capitale. De l'entrée au dessert, les plats se révélèrent délicieux et magnifiques à contempler. Le jeune peul y ajouta son empreinte avec de l'humour et des chansons improvisées. La soirée fut agréablement romantique et Samba, en la raccompagnant chez elle, marqua un arrêt devant une maison.

— Ici habite Gouro, le griot de mon père, lui indiqua-t-il. C'est un vieux très respecté dans ma famille et je suis passé le voir aujourd'hui sur conseil de ma mère afin qu'il nous aide sur notre projet de mariage. Il faudra te rendre disponible demain pour le rencontrer ici à 15 h. Tu dois également venir toute seule car il aura certainement beaucoup de choses à te raconter. Peux-tu honorer ce rendez-vous ?

— Honnêtement, je ne sais pas si je vais pouvoir le faire. Pourquoi ne m'accompagnes-tu pas chez lui ?

— En toute sincérité, j'aurais bien voulu être là avec toi mais il a souhaité que tu viennes seule.

Elle eut soudainement un flash sur les propos de son grand-père paternel dans son rêve à propos d'un vieil homme proche du père de Samba qui demanderait à la rencontrer.

— Je me présenterai chez lui demain. Si notre union doit passer nécessairement par son appui, alors, qu'il en soit ainsi.

— Je savais que je pouvais compter sur toi. Tu es un amour…

Elle arriva à l'heure indiquée au domicile du vieux griot et le trouva en train d'écouter sa petite radio dans un état presque endormi sous le manguier de la cour. Une chanson ancienne très populaire d'une artiste au nom de Tara Bouaré passait :

« *Ô Métal d'or, Ô Métal d'argent,*
*L'on vit sa vie, l'on n'est point immortel.*
*Ô Métal d'or, Ô Métal d'argent,*
*L'on vit sa vie, l'on n'est point immortel.*
*Le maître de Molado, il y avait un maître à Molado,*
*Il a vécu sa vie mais il n'a pu être immortel.*
*Djinki de Kodila, Djinki était à Kodila,*
*Il a vécu sa vie mais il n'a pu être immortel.*
*Sokè de Koumakoro, Sokè était à Koumakoro,*
*Il a vécu sa vie mais il n'a pu être immortel.*
*Mèlè de Kolodougou, Mèlè était à Kolodougou,*
*Il a vécu sa vie mais il n'a pu être immortel.*
*Koundoun de Nonokènè, Koundoun était à Nonokènè,*
*Il a vécu sa vie mais il n'a pu être immortel.*
*Ô Métal d'or, Ô Métal d'argent,*
*L'on vit sa vie, l'on n'est point immortel...* ».

— Bonjour, notifia-t-elle sa présence.

Gouro revint à la réalité et leva sa tête en direction de la visiteuse.

— Tu dois être Zeïnab, je suppose ?

— Exact. Samba m'a demandé de venir ici à cette heure précise.

— Oui, car c'est à cette période de la journée que ma maison se vide de ses occupants et devient très calme. Les femmes font la sieste dans leurs chambres et les enfants sortent dans la rue pour rejoindre leurs copains. Prends place sur cette chaise à côté de moi.

Elle occupa la chaise et sortit un sachet de son sac.

— Je te prie de recevoir ces trois colas blancs de la part de feu Mahamane de Bougoumori.

Il accepta les colas et les contempla longuement.

— Quelle est ta relation avec Mahamane jeune demoiselle ?

— Je suis sa petite fille.

— Eh ! Eh ! Eh ! s'écria le griot. La petite fille de Mahamane ? Dieu est grand et il ne dort jamais. Attends-moi, j'ai quelque chose pour toi.

Il fila dans sa chambre et ramena un bracelet en argent qu'il lui remit.

— J'ai une dette envers ton grand-père et le moment est venu de m'en acquitter. Tu peux rentrer à la maison. Je sais désormais qui tu es, d'où tu viens et ce que tu vaux réellement. Notre entretien ne durera pas plus longtemps. Que Dieu te bénisse, ma fille.

— Amine, agréa-t-elle avant de reprendre le chemin du retour sans trop chercher à comprendre la nature de la relation qu'avait eue le griot avec son grand-père.

Samba arriva quelques heures plus tard alors que Gouro s'impatientait.

— Tu dois absolument l'épouser, l'accueillit-il en ces mots.

— Que me dis-tu ?

— Tu m'as bien entendu. Je vais m'entretenir dès demain avec ton père et tes oncles sur ce sujet. Sache en tout cas que le mariage est un engagement très fort. Il est un tissu dont on donne les ficelles et des aiguilles à la femme et au mari pour en faire un habit sur mesure. Avec le temps, cet habit s'use, se découd en partie ou se déchire même quelquefois. Mais cet habit n'est pas fait pour s'en débarrasser facilement. Il faut le coudre, lui donner de l'éclat avec du « gala[12] » et même rajouter plus de tissus.

— Honnêtement, je ne comprends plus rien. Qu'est-ce qui t'a fait changer d'avis aussi rapidement ?

— Jeune homme, il y a un temps pour l'action et un temps pour la raconter. Le moment venu, tu seras édifié comme il le faut. Tu peux rentrer maintenant.

Le jeune peul rejoignit rapidement sa dulcinée.

— Qu'as-tu fait pour convaincre Gouro aussi facilement ?

— Absolument rien. Je suis allée le rencontrer et il se trouve qu'il a connu mon grand-père dans le passé. Il a apparemment une dette envers lui et il compte s'en acquitter maintenant.

— Le hasard fait souvent bien les choses. Je sens que le blocage sur notre mariage sera levé dès demain car Gouro a toute la légitimité qu'il faut dans ma famille pour être écouté et suivi.

— Je n'en suis pas aussi sûre que toi.

— Comment ça ?

— La situation commence à changer de mon côté. Cela fait deux jours que ma tante ne prêche que du mal de toi et de ta famille. Elle ne veut plus entendre parler de notre mariage et traite ta famille de raciste envers les autres ethnies. Pourtant, cela ne lui ressemble pas du tout.

— Souhaites-tu que j'aille lui parler ? Cela pourrait peut-être la faire revenir à la raison.

— Sûrement pas. Je suis persuadée que cela envenimerait les choses au contraire…

Le jour suivant, Na-Sira ressentit un besoin pressant de rendre visite à Famoussa. Elle se présenta chez lui en début d'après-

---

[12] Gala : Signifie Teinture pour les habits en Bambara.

midi et le marabout ordonna à ses disciples de n'être dérangé sous aucun prétexte durant cette consultation.

— Je ne suis pas là pour une consultation mais plutôt pour vous remercier pour les médicaments et votre hospitalité de la fois dernière.

— Cela me va droit au cœur.

— Je suis également à votre entière disposition si vous avez besoin de quoi que ce soit.

— Es-tu vraiment disposée à faire tout ce que je pourrais te demander ?

Elle hocha la tête en signe d'approbation. Avec un rire narquois, Famoussa caressa légèrement sa barbe crépue.

— Si je te demande de tromper ton mari avec un autre homme, accepterais-tu de le faire ?

— Je n'ai connu aucun autre homme dans ma vie et cela ne m'était encore jamais venu à l'esprit de le tromper.

— Et si je te demandais de le faire aujourd'hui ?

— Je le ferai si c'est ce que vous désirez réellement.

« Si c'est ce que vous désirez réellement » était le mystérieux code que Famoussa attendait et qui lui signifiait qu'il avait désormais un pouvoir illimité sur elle. Il testa instantanément son emprise sur sa proie.

— Je veux que tu te déshabilles.

Na-Sira s'exécuta sans aucune retenue. Il se leva aussitôt et tourna en rond autour d'elle en la scrutant de la tête au pied.

— Je suis maintenant sûr que tu es prête à faire tout ce que je veux. Mais tu es une femme mariée et je n'en ai pas après toi. Tu vas tout de même m'aider à posséder ta fille Zeïnab.

— Bien sûr grand marabout. Dites-moi juste ce que je dois faire précisément.

— Je crois qu'elle n'a pas utilisé les médicaments que je lui ai remis. Si c'était le cas, elle serait venue se livrer à moi beaucoup plus tôt. Mais ce n'est que partie remise. Tiens cette décoction de plantes et à chaque fois tu en auras l'occasion, verse une quantité dans sa boisson préférée et assure-toi qu'elle le boive réellement.

— C'est comme si c'était déjà fait grand marabout.

— Tu peux maintenant te rhabiller et rentrer…

Au même moment s'ouvrait une conversation entre Gouro et le père de Samba au domicile de ce dernier. Très vite, le griot apporta des arguments en faveur d'un renouveau :

— Notre tradition, telle que nous la connaissons aujourd'hui, n'est pas ce qui a toujours été, remémora-t-il. À plusieurs reprises dans l'histoire, il y a eu des réaménagements en fonction des besoins de l'époque. Le cas de Samba doit nous amener aujourd'hui à reconsidérer sérieusement notre position et à accepter un nouveau réaménagement.

— Ainsi, Samba sera cette fissure par laquelle surviendrait la destruction de tout ce que nous avons bâti depuis plusieurs décennies, répondit-il en soupirant fortement à la fin de sa phrase. Catastrophe ! Voilà que mon propre fils me met dans l'embarras du choix et décide de m'humilier à mon âge.

— Au contraire, je vois cela comme une ouverture et aussi une opportunité pour toi et ta fratrie de donner un meilleur avenir à votre famille. Permets-moi de venir te chuchoter à l'oreille un secret afin de ne pas me faire entendre par ces murs à grandes oreilles qui nous entourent.

Le vieux peul acquiesça de la tête et Gouro lui confia le secret.

— Il est donc vrai que la cloche du changement a effectivement sonné, reconnut le vieux peul. Va mettre mon cadet Hamadi dans la confidence en insistant bien sur la nécessité de bien garder le secret. Avec son appui, je pense que les autres membres de la famille nous suivront.

Gouro se rendit chez Hamadi dans les heures qui suivirent. Les deux hommes s'isolèrent dans une petite salle pour ne pas être dérangés et pour éviter que la conversation ne tombe dans les oreilles d'un autre individu. Hamadi avait le visage fermé. Il avait pressenti l'objet de cette visite et ne comptait pas céder d'un pouce car il savait d'expérience que Gouro était très rusé dans ce type d'intermédiation.

— Je suis venu te voir à propos de la situation de Samba, plaça le griot.

— La situation n'est pourtant pas si compliquée, s'empressa de répondre Hamadi sans daigner l'écouter davantage. Samba doit épouser sa cousine. Nous avons pris des engagements avec le père de celle-ci qui est également un cousin proche et nous devons honorer notre parole. Je pense qu'il est grand temps pour Samba de grandir et de comprendre que c'est dans l'intérêt de la famille que nous faisons tout ça.

— D'accord ! dit Gouro en acquiesçant également de la tête. Mais à l'état actuel des choses, sans l'accord de Samba, vous ne pouvez pas honorer votre parole, on est d'accord ?

— Je ne te comprends pas. C'est plutôt Samba qui a besoin de notre accord pour épouser une femme. Depuis la nuit des temps, ça a toujours été ainsi dans notre communauté et ce n'est pas un gamin comme lui qui viendra changer cela ; ça, il n'en est pas question.

— Je te comprends, reprit le vieux griot en gesticulant avec ses deux mains pour signifier à Hamadi de ne pas s'emporter. Tu fais partie de ses oncles et il vous revient effectivement d'accepter ou de refuser son projet de mariage et personne ne peut vous priver de ce droit. Seulement, tu sais aussi bien que moi, qu'au moment où nous discutons, Samba a aussi exercé son droit de refus sur la proposition que vous lui avez faite. Le blocage actuel ne profite ni à lui, ni à sa cousine ni à vous ses oncles et encore moins à nous vos griots. Samba est toujours célibataire alors qu'il a dépassé l'âge de se marier. Un autre homme ne pourra pas épouser non plus sa cousine tant que cette affaire restera sur la table. Et vous ses parents, vous restez spectateurs de tout cela sans pouvoir apporter une vraie réponse et préférez laisser la situation se détériorer pour tout le monde. Je pense sincèrement qu'il nous faut reprendre les choses en main et aller vers une résolution rapide de cette situation.

— Samba est une grande déception pour notre famille. Nous qui sommes ses parents, n'avons jamais eu une telle attitude avec les nôtres car nous les respections et nous ne cherchions pas à bafouer leur autorité ou à influer à tout prix sur leurs décisions. Si Samba aussi nous respectait et avait le sens de l'honneur et de la dignité, il n'allait pas jouer à ce jeu-là avec nous. Tout ceci est la faute de sa mère qui l'a toujours encouragé dans ses bêtises. Mais on verra bien qui aura le dernier mot. Certains ont tenté avant lui de jouer aux rebelles et on a tous été témoin de ce à quoi cela les a conduits.

— Je ne pense pas qu'il faille voir cela comme un bras de fer entre Samba et ses oncles. Les temps ont changé et certaines pratiques de nos villages deviennent de plus en plus difficiles à faire accepter à nos enfants qui sont nés et ont grandi dans de grandes villes.

— Tu sais Gouro, j'ai même eu à proposer à Samba de prendre d'abord sa cousine comme première épouse et ensuite d'attendre seulement deux ou trois ans pour épouser celle qu'il prétend aimer. Si malgré cela, tu es ici pour intervenir en sa faveur, je pense que tu connais déjà la réponse qu'il m'a donnée. Le cas de Samba est très sérieux. En plus de vouloir épouser une venue d'ailleurs, ce jeune fou veut opter pour la monogamie. Je me demande comment on peut se fermer certaines possibilités sciemment. Tu imagines une seconde ce qui se passerait s'il rencontrait, je ne le souhaite pas, des difficultés à avoir un enfant avec sa femme ?

— Le monde appelle effectivement fous ceux qui ne sont pas fous de la folie commune. Peut-être que tu ne le perçois pas ainsi encore mais le vent du changement a commencé à souffler depuis quelque temps avec les premiers rebelles comme tu l'as si bien dit. Au lieu de construire des moulins à vent, nous sommes en train de construire des murs. Et très sincèrement, je me demande aujourd'hui combien de générations tiendront dans ces pratiques après nous. Je ne te souhaite pas de voir ton premier fils dans la même situation que Samba un jour et laisser ta fratrie lui faire subir cela. Pour l'instant, c'est vrai que ton fils est un adolescent mais il va très rapidement devenir un homme. Tu as accepté de l'envoyer à l'école pour apprendre d'autres choses et être ouvert au monde d'aujourd'hui, alors attends-toi peut-être à ce qu'il fasse partie des prochains rebelles car j'en suis sûr, il y en aura beaucoup dans les mois et les années à venir si rien ne change. J'ai mis ton grand frère dans une confidence et je suis ici pour faire la même chose avec toi. Me permets-tu de te le dire à l'oreille pour être sûr qu'aucune autre oreille ne l'entende ?

— Bien sûr.

Il s'approcha de son hôte et lui confia le secret.

— Es-tu réellement sûr de cela Gouro ? Ce n'est vraiment pas un jeu.

— Absolument. Il faut ce réaménagement.

— Si nos familles ont beaucoup plus à gagner qu'à perdre de ce réaménagement, alors je suis tout disposé à aider mon grand frère à le réaliser.

— Très bien. C'est en tout cas la meilleure chose à faire. Samba doit épouser Zeïnab pour le bonheur de tout le monde.

Rien ne fut plus simple pour Na-Sira que faire boire à Zeïnab du jus de bissap contenant la potion maléfique du marabout Famoussa. La jeune demoiselle fut rapidement ensorcelée à son tour et devint complètement méconnaissable dans son rapport avec son amoureux.

— Je ne t'aime plus Samba et je ne souhaite plus jamais te revoir, lui balança-t-elle à la figure.

— Tu es quand même consciente qu'on n'est pas un premier avril[13] aujourd'hui ?

— Ai-je une seule fois joué cette carte avec toi dans le passé ?

— Non.

— Te voir devant moi en ce moment m'importune. Il serait mieux que tu t'en ailles avant que la situation ne s'envenime.

— Oh ! Oh ! Qu'est-ce qui se passe chez toi mon amour ?

— Ne m'appelle plus ainsi.

— C'est ta tante qui t'a remontée contre moi ?

— Aucun rapport. Seulement, je ne veux plus te voir dans ma vie. C'est fini notre relation. Ciao.

Samba la retint par le bras pour essayer de la raisonner.

— Si tu ne me lâches pas tout de suite, je vais crier au viol. Lâche-moi, hurla-t-elle.

Le jeune peul la laissa rentrer tout bonnement dans la maison. Il resta immobile devant la porte pendant plusieurs minutes et finit par se consoler de rentrer chez lui. Après tout, il ne voyait plus ce qu'il pouvait faire d'autre à cet instant précis et Na-Sira

---

[13] Il fait référence au poisson d'avril.

ne tarda pas d'informer son commanditaire de ce premier résultat rapide.

— C'est une très bonne nouvelle, s'en réjouit Famoussa. Tu dois tout de même continuer à lui faire boire la potion jusqu'au jour où elle n'arrivera plus à se défaire de l'envie de venir à moi. Et maintenant que Samba est mis à l'écart, je viendrai demander la main de ta fille très bientôt. Je reste également confiant que tu sauras te montrer à la hauteur pour que ma demande ne rencontre aucun obstacle dans ta famille.

— Ce sera un jeu d'enfant grand marabout car je tiens mon mari dans le creux de mes mains. Celui qui sait convaincre un roi n'a pas besoin de refaire le même exercice avec ses subordonnés.

— Je ne doute point de ta fidélité à mon égard Na-Sira…

Deux jours de plus passèrent et Zeïnab devint le plus grand chagrin de Samba. Les disputes s'enchaînaient sans possibilité de réconciliation. La détresse et l'incompréhension rongeaient l'esprit du jeune homme. Son cœur saignait et sa réserve de patience et de courage s'épuisait au moment même où tout s'arrangeait dans sa famille. Ses oncles s'étaient réunis sous la houlette de Hamadi et plusieurs d'entre eux avaient donné leur accord pour le mariage. Ceux-ci, à peine majoritaires en nombre, chargèrent le griot Gouro d'enclencher la procédure de demande en mariage et ce dernier le planifia dans un délai de trois jours. Samba prévint tout de même sa dulcinée de cette nouvelle.

— Si tu ne veux vraiment pas de moi, alors j'en aurai la confirmation si tes parents refusent ma demande de mariage mais pas avant cela.

Zeïnab enragea et chassa le jeune peul de sa vue. Elle partit chercher sa tante pour l'accompagner chez le marabout afin de se débarrasser une bonne fois pour toutes de son ex-amoureux.

— Tu as enfin rempli ta part de contrat, adressa Famoussa à Na-Sira. Tu peux nous laisser maintenant et rentrer à la maison.

Na-Sira s'exécuta.

— Es-tu sûre de ne plus vouloir être l'épouse de Samba ?

— Absolument. Ses parents envisagent d'envoyer une demande de mariage chez nous très bientôt et je ne souhaite pas que cela se produise. Aide-moi grand marabout à faire quelque chose.

— Je peux t'aider. Cependant, es-tu disposée à suivre mes instructions comme il se doit ?

— Oui grand marabout, pourvu que je sois débarrassée pour de bon de ce maigrichon de peul.

— Si je te demande de le tromper avec un autre homme, accepterais-tu de le faire ?

— Si c'est ce que vous désirez réellement.

Le mystérieux code venait d'être prononcé par la jeune demoiselle.

— Tu ne pouvais guère le deviner mais c'est bien pour le confort de l'instant présent que j'ai investi dans ce ventilateur et ces nouveaux tapis. J'ai également des problèmes et des dilemmes à résoudre jeune fille. Seulement, je n'ai personne pour m'aider. Je veux que nous fassions l'amour ici et maintenant.

Cette dernière phrase perturba Zeïnab. Elle ferma un moment ses yeux puis se mit à tapoter son front avec sa main droite. Quelques secondes plus tard, elle se ressaisit et acquiesça de la tête la demande du perfide. Celui-ci lui ordonna de se déshabiller et de lui faire son plus beau sourire. Elle s'exécuta sans retenue.

— Par Dieu et son messager, cette fille me fait perdre mes moyens, reconnut le perfide. Ses yeux, loin d'être tachés par d'autres couleurs que le blanc et le noir ainsi que ses fossettes rendant son sourire pétillant me fendent le cœur. Ô que je l'aime. Je la veux pour moi seul et cela ne peut plus attendre.

Il laissa tomber son pantalon et prit soin de fermer la porte à clé…

La demande officielle de mariage parvint à l'oncle de Zeïnab par l'intermédiaire de Gouro le griot. Ce dernier planta la semence et l'arrosa gentiment avec tout ce qu'il fallait. Il n'attendait plus que la décision finale de cette famille pour le rapporter à ses mandataires. Na-Sira s'isola avec Zeïnab dans sa chambre pour en parler entre fille et tante.

— Je pensais que tu avais trouvé le moyen de le dissuader de te demander en mariage ?

— Oui, mais les choses ne se sont pas passées comme je l'espérais. J'ai finalement réussi à passer par le chas d'une aiguille et cela changea la donne.

— Passer par le chas d'une aiguille ? Comment ça ?

Elle s'approcha de sa tante et chuchota une formule bizarre dans son oreille. Celle-ci ferma ses yeux et balança sa tête dans tous les sens. Elle se ressaisit finalement et fixa du regard sa nièce.

— Malédiction sur moi, Ô, mon Dieu ! Comment ai-je pu te faire subir cela, ma fille ? Comment ai-je pu laisser Famoussa prendre possession de ton esprit et de ton corps ? Ô seigneur !

— Tu étais sous le coup d'un sortilège très puissant. J'espère qu'il ne t'a pas touchée ?

— Justement non. Il m'a épargnée car c'est toi qu'il voulait. Ô, Seigneur !

— Ce n'est rien ma tante. J'ai été sauvée de justesse de ses emprises. Son coup a foiré.

— Comment est-ce possible ? C'est moi-même qui t'ai accompagnée chez lui ce jour-là.

— Oui. Et après ton départ, il m'a demandé de me déshabiller et je l'ai fait.

— Quel gros pervers !

— Il a laissé tomber son pantalon, m'a déclaré sa flamme d'amour et s'est ensuite levé pour aller fermer la porte. Il m'a demandé de me coucher sur le tapis et je l'ai fait.

— Ô, mon Dieu !

— Et lorsqu'il posa sa main sur mon corps, il eut soudainement une envie insoutenable d'aller aux toilettes.

— Sérieusement ?

— Je te le jure.

Les deux femmes éclatèrent de rire.

— Il m'a ordonné de ne pas bouger et de l'attendre. Ce que j'avais dans le ventre était plus fort que moi-même, alors je l'ai attendu. À son retour des toilettes, il essaya de me toucher de nouveau et le même scénario se répéta.

— Ça alors ! Dieu ne pouvait nullement t'abandonner dans les mains de cet imposteur.

— Il comprit que quelque chose l'empêchait de me toucher. Il tenta de m'assommer finalement avec un objet qu'il prit dans ses outils de travail. Je ne voyais plus que son ombre et ressentais en lui l'insatiable envie d'abuser de moi. Mon état de faiblesse m'amena à demander de l'aide à grand-père au plus profond de moi. Famoussa sentit alors la présence d'un objet étrange sur mon avant-bras droit. Il le souleva et découvrit ce bracelet en argent que je porte. Qu'est-ce que c'est que ça ? dit-il avant de tomber lui-même dans les pommes.

— Que contient ton bracelet ? D'où le sors-tu ?

— C'est un cadeau de mon feu grand-père Mahamane que le griot Gouro possédait chez lui.

— Gouro connaissait-il ton grand-père ?

— Apparemment, oui.

— Je comprends mieux comment ce bracelet t'a servi de marabout. Ce n'est pas un bracelet ordinaire comme les autres. Il a sûrement été forgé par Mahamane lui-même, le plus grand devin de son époque à Bougoumori. Que s'est-il passé ensuite ?

— Grand-père m'est venu en rêve. On a longuement discuté sur les intentions de Famoussa, ce qu'il manigançait et comment y remédier. Il m'a également fait rire lorsqu'il me fit comprendre que je me suis quand même débrouillée à passer par le chas d'une aiguille.

— Effectivement, tu as vraiment échappé belle à ce qui t'attendait.

— Oui. Il m'a demandé la punition que je désirais pour Famoussa et…

— Tu ne lui as pas dit de le réduire en cendre ?

— Non, je lui ai dit de ne rien lui faire. Après tout, c'est à Dieu de lui réserver le sort qu'il mérite.

— Tu aurais pu lui faire payer au moins la peine qu'il nous a infligée. Je reste convaincue que nous devons régler certaines choses entre nous humains en nous passant de Dieu. Mais bon ! l'essentiel reste qu'on s'en soit bien sorti.

— Je pense que c'est également le plus important.

— S'il nous était possible de quantifier les dégâts causés par les marabouts dans nos foyers, tout citadin épris de bon sens se passerait volontiers de leurs services. Que Dieu nous éloigne de ce genre de Satan.

— Amine.

— Tu ne dois surtout pas raconter cette histoire à qui que ce soit. Cela pourrait me causer beaucoup de tort si ton oncle l'apprenait.

— Tu as ma parole, je ne dirai rien à personne…

Le petit soir, l'oncle de Zeïnab la consulta également et obtint son consentement. Le jour suivant, il en informa les autres oncles et tantes sans lesquels la décision de la famille ne pouvait être prise. À l'unanimité, ils décidèrent de mener une enquête sur Samba et apprirent que sa volonté d'épouser leur nièce divisait au sein de sa famille parce qu'elle n'était pas de leur communauté. Avec ces informations inquiétantes à leurs yeux, ils décidèrent une fois de plus de s'entretenir avec la principale concernée et ses géniteurs sur le sujet.

Les géniteurs de Zeïnab regagnèrent rapidement la capitale. Après une série de discussions très franches avec leur fille, ils s'alignèrent sur sa décision et donnèrent leur aval aux autres protagonistes. Ceux-ci décidèrent du montant de la dot ainsi que la procédure à suivre pour le bon déroulement des choses. C'est ainsi qu'à leur prochaine entrevue avec le griot, ils acceptèrent le mariage.

Content de cette nouvelle, Samba retrouva rapidement sa dulcinée.

— Tu m'as vraiment fait peur sur ce coup même si j'étais persuadé que ça n'irait pas loin. D'ailleurs, quelle mouche t'avait piquée ?

— Ô ! Juste un truc de femme. Tu n'y comprendras pas grand-chose car j'aurai moi-même du mal à te l'expliquer…

Un mois plus tard, en milieu de l'année 1993, les cérémonies de mariage furent organisées. Plusieurs proches de Samba opposés à cette union ne se présentèrent pas à la fête. Ils considéraient cela comme un relâchement de la cohésion sociale de leur communauté et un non-respect des valeurs et des pratiques qui leur avaient été léguées par leurs ancêtres. Ils le vivaient également comme une trahison et ne pouvaient donc le cautionner. D'ailleurs, certains d'entre eux se sont donné pour mission de tout faire pour pousser le couple à la séparation.

La maman du jeune peul ne put s'empêcher de fondre en larmes lorsqu'elle se rendit compte de l'absence de plusieurs parents pour lesquels elle avait beaucoup d'estime. Sa coépouse avait également profité de cette discorde pour ne pas se présenter sur les lieux de cérémonie. Méritait-elle réellement cela ? se demandait-elle.

Elle n'avait jusque-là jamais raté un seul mariage dans la famille et avait toujours apporté sa contribution. Elle s'attendait donc à ce que cette solidarité dont elle a toujours fait preuve lui soit rendue lorsque ses enfants se marieraient. Mais au contraire, elle se retrouvait sanctionnée en même temps que son mari.

Malgré tout cela, les choses suivaient leur cours. Le père du marié s'est présenté uniquement à la mosquée et n'a pas jugé utile de rester plus longtemps avec la foule. La présence de Gouro sur les lieux était suffisante pour barrer la route aux récalcitrants qui pourraient vouloir s'opposer à l'union devant l'imam ou devant le maire. Aucun parent ne voudrait vivre une telle scène au mariage de son enfant, même si à Bamako, ce n'était pas ce qui manquait dans les faits divers des journaux hebdomadaires.

Par ailleurs, les parents de la mariée étaient tous présents et ont célébré l'union dans la bonne ambiance, la joie et la bonne humeur. La mère de Zeïnab, constamment à ses côtés durant toute la cérémonie, la contemplait dans sa robe de mariée princesse et ses longs talons qui la propulsaient à la même taille que son mari habillé en costume et cravate. Elle était si heureuse de vivre ce moment de bonheur de sa fille qu'elle attendait depuis si longtemps. Néanmoins, elle ressentait une peur à chaque fois qu'elle s'imaginait la relation de celle-ci avec ses beaux-parents car elle avait déjà sa propre idée de la situation. Dans tous les cas, le processus d'union était déjà lancé. Il ne restait plus qu'à faire des bénédictions et implorer Dieu pour que tout se passe bien dans le nouveau foyer.

Sous le rythme des tam-tams et des balafons, la foule fit le show. À la fin des cérémonies, les deux jeunes étaient officiellement unis pour le meilleur, pour le pire et pour la vie. Et comme le voulait la tradition, ils furent conduits dans une chambre nuptiale qui leur servit de lieu de séjour pendant une semaine avant de rejoindre pour de bon leur domicile conjugal.

# Partie II
# L'autre face de la colline

Les pères de Samba avaient tranché en autorisant son mariage avec Zeïnab. Cependant, un goût amer était resté dans la gorge de plusieurs de ses mères qui ne supportaient guère de voir une venue d'ailleurs occuper la place qui devait revenir de facto à une de leurs filles. Durant les noces, elles avaient montré leur mécontentement par leur absence en grand nombre mais cela ne put assouvir la rancœur qu'elles éprouvaient. Il fallait faire payer cette déconvenue et la jeune mariée était tout indiquée en tant que l'intrus dans la famille à leurs yeux.

Dans la villa qu'elle habitait désormais avec son mari, Zeïnab s'adonnait prioritairement à la personnalisation de l'intérieur pour s'y sentir bien, d'autant plus qu'elle était au chômage. Ne pas partager la même cour que sa belle-famille était déjà une bonne chose car la cohabitation a toujours dominé dans la société malienne. Par le phénomène de la polygamie, on la retrouve entre coépouses et leurs enfants ; par le biais des grandes familles, on la retrouve entre parents de lignage et la sous-location est aussi une autre forme de partage de l'espace de vie familiale.

Elle avait également une forte appréhension de ce que serait sa relation avec ses beaux-parents. Les femmes constituent le socle sur lequel repose la cohésion familiale au Mali. Elles partagent plus de choses en commun et se réunissent beaucoup plus fréquemment que les hommes pour les tontines, les mariages, les baptêmes et d'autres évènements de société. Elle ne pouvait aucunement rester en marge de toutes ces activités et cela l'angoissait. Comment occuper sa place auprès des autres épouses ? Fallait-il un premier enfant pour l'occuper pleinement et s'épargner les oiseaux de mauvais augure ? Que se passerait-il si cet enfant tardait à naître ? Autant de questions auxquelles elle ressentait le besoin d'être rassurée. Des conseils, elle en avait besoin ; des expériences de vie elle en demandait ; de l'accompagnement, elle en voyait l'utilité.

— Nous devons agacer cette voleuse de mari, la tourmenter, la traumatiser et lui ôter toute envie de rester dans son foyer, avait instruit la marâtre de Samba à un groupe de femmes qui s'étaient mobilisées autour d'elle pour rendre le foyer du jeune couple invivable pour la mariée. Nous ne devons pas non plus la laisser prendre ses distances avec nous. Il nous faut l'exaspérer et l'arracher de sa réserve pour la pousser à la faute. Plus elle en commettra, mieux nous aurons de quoi la faire partir. Je ne peux malheureusement pas être vue chez elle. Que l'une d'entre vous lui rende visite tous les deux ou trois jours lorsque Samba est au travail et mette en œuvre notre plan.

La marâtre de Samba était surnommée « Trop-Chaud » en référence à son fort tempérament et son plan fut un véritable calvaire pour la jeune mariée. Que des futilités qui finissaient toujours par des cris des visiteuses malintentionnées attirant la curiosité des voisins. Qu'il s'agisse d'une insuffisance de sel dans la sauce, d'une eau à boire qui n'était pas bien fraîche ou encore d'un accueil qualifié de non chaleureux, tout détail était suffisant pour faire un scandale et pousser la jeune mariée à la faute. Celle-ci encaissait sans riposter et avait fait le choix de ne pas s'en plaindre au début. Mais plus les jours passaient, plus le fardeau devenait lourd pour ses petites épaules et la joie qui illuminait habituellement son visage disparaissait. Sa lune de miel[14] tourna très court et ses détractrices devinrent sa plus grande hantise.

— Je découvre à présent l'autre face de la colline, confia-t-elle au griot Gouro qui était passé lui rendre visite un jour. Comment ai-je pu minimiser autant l'effort d'intégration qui m'attendait ? Depuis mon mariage, les cadeaux de mon mari pleuvent, son amour rayonne partout autour de moi et il brille par sa présence sauf quand je me fais attaquer ici par ses tantes dans la journée. J'étais vraiment loin de m'imaginer en cible à abattre dans mon propre foyer un jour.

— Nos pratiques n'auraient pas tenu tout ce temps si nos femmes ne les soutenaient pas. Un mari avisé le matin a certainement été guidé par une épouse la veille. En même temps, ton mari a fait le choix de t'épouser à la place d'une nièce de Trop-Chaud, d'où l'indignation de cette dernière à ton égard.

— C'est pourtant vous qui avez autorisé Samba à me prendre comme épouse.

— Cela est vrai mais nous avons enfreint certaines de nos règles et savions qu'il y aurait des répercussions.

— Devrais-je alors vivre comme une esclave dans mon propre foyer ? Ou encore, permettre à d'autres de me traiter mal parce que je ne suis pas une des leurs ?

— En aucune façon, même s'il est toujours plus prudent de nous occuper de ce qui nous ferait trébucher plutôt que d'aménager où l'on tomberait. À ce jour, elles n'ont aucun argument solide contre toi. C'est pourquoi tu ne dois pas céder à leurs provocations ou répliquer à tout va. La recherche de la stabilité de ton foyer et la bonne entente avec tes beaux-parents devraient être constantes chez toi et cela passe indéniablement

---

[14] Lune de miel en référence aux trente jours supposés être les plus heureux pour un couple après les noces.

par une forte capacité à réagir avec tact, à ne pas être rancunière et à ne pas te laisser dominer par ton ego. Sache que la victoire accompagne la patience, que le soulagement accompagne l'affliction et qu'après chaque difficulté, il y a une aisance.

— C'est plus facile à dire qu'à faire Gouro. Quand on écoute les anciens, ils nous entraînent sur la voie de la retenue et de l'apaisement alors que très souvent certains problèmes se règlent plus vite avec la spontanéité et la confrontation. Je ne pense pas pouvoir tenir plus longtemps sans réagir.

— Je comprends parfaitement tes peines car lorsqu'on blesse un guerrier avec trois fléchettes, sa main reste collée sur la blessure qui l'affaiblit le plus. Mais il n'est jamais sage de rivaliser avec sa belle-famille chez nous au Mali et cette situation peut être réglée autrement sans en arriver là.

— Par quelle manière à ton avis ?

Le vieux griot gratta sa tête avant de répondre.

— Tu pourrais peut-être passer tes journées chez tes parents. Moins tes détractrices te croiseront et mieux tout le monde se portera…

La jeune mariée obtint le consentement de son mari pour cette option. Les portes de sa maison restaient fermées le jour et rouvraient le soir avant le retour de celui-ci. Hormis les regroupements familiaux qui nécessitaient un acte de présence, le jeune peul ne la contraignait pas non plus d'aller rendre visite à un parent. Ses détractrices l'atteignaient beaucoup moins désormais et elle retrouva de nouveau son sourire.

Sa mère ainsi que sa tante Na-Sira lui procuraient aussi des conseils sur l'attitude à avoir dans son foyer et dans sa relation avec sa belle-famille. Dans la société malienne de cette époque[15], la fille était jugée à l'image de la première responsable

[15] Première moitié des années 1990.

de son éducation qui pouvait être sa mère biologique ou sa mère adoptive. Et lorsqu'un foyer devenait instable, ces premières responsables endossaient leur part dans l'échec et cela justifiait en partie leurs inquiétudes permanentes et leur obstination d'aller tout le temps consulter des devins pour prendre de l'avance sur les évènements.

Zeïnab voyait d'un très bon œil tous ces conseils et les appliquait à chaque fois qu'elle en avait l'occasion. Un soir, alors qu'elle discutait avec son mari dans le salon, une tante paternelle de ce dernier arriva et salua. Le couple répondit à la salutation et la visiteuse énergumène s'emporta violemment contre elle pour lui avoir adressé la parole. Cette réaction laissa Samba stupéfait. Avec un calme olympien, la jeune dame posa sa main sur celle de son mari et lui dit :

— Je me retire dans la chambre et te laisse l'accueillir comme il se doit. Ne t'inquiète surtout pas.

Elle avait réussi à déceler dans les nombreux conseils qu'elle recevait les bonnes réponses à ces genres de situation. Elle avait compris que très souvent dans la vie, nous n'avons pas de contrôle sur les évènements et les personnes et qu'à l'inverse, nous pouvons avoir un contrôle total sur les réponses à apporter. Elle avait aussi compris qu'il est souvent très difficile de changer l'opinion ou le comportement d'une personne à notre égard. Cependant, il est parfaitement possible de changer l'attitude avec laquelle nous affrontons ces réalités. Ces enseignements lui suffisaient largement pour ignorer les hostilités de ses beaux-parents et chercher la stabilité de son foyer.

Depuis leur dernier incident avec le marabout Famoussa, Zeïnab et sa tante Na-Sira l'avaient banni de leur vie. Mais celui-ci n'avait pas renoncé à ses ambitions et n'avait pas dit son dernier mot. Durant des semaines, il s'était renseigné sur le quotidien de sa proie, où elle habitait et comment elle vivait dans son nouvel environnement familial qui savait il n'était pas un cadre de rêve pour une jeune dame. Il se donnait aussi du temps et des moyens pour s'introduire d'une façon ou d'une autre dans la famille peule et qui-sais, pouvoir saisir la moindre faille pour agir et posséder sa proie. Il travaillait sur ce projet avec une grande discrétion car il était convaincu que la réussite de son plan dépendait de l'effet de surprise au moment d'agir. Dans un passé récent, il a failli réussir son coup avec cette même technique. Mais une foutue protection mystérieuse avait permis à sa proie de se défaire de ses emprises. Il en avait eu pour son compte mais pas suffisamment pour renoncer définitivement à sa cible. Quelques fois, il se renseignait sur la famille peule par l'intermédiaire de ses clients qui la connaissaient et d'autres fois, il envoyait carrément des disciples sur place pour collecter discrètement des informations. Une vraie fouine ce marabout. Il était bien plus proche de sa cible que celle-ci ne l'imaginait.

Cinq mois passèrent et le jeune couple était encore plus soudé malgré les scènes de dénigrements, de réprimandes, de critiques et de sous-entendus à l'adresse de la mariée. Celle-ci savait désormais ce qu'elle voulait et faisait fi de ces différents actes.

Elle fréquentait très peu le domicile de son beau-père à cause de tout cela, d'autant plus que ce dernier vivait dans une grande demeure avec ses deux femmes et quelques-uns de ses enfants qui ne s'étaient pas encore pleinement pris en charge. La mère de Samba était régulièrement en déplacement dans son village natal. Elle s'était toujours mieux sentie là-bas et pouvait y passer plusieurs mois dans la tranquillité, loin des multiples problèmes et crises de jalousie entre coépouses.

Les tâches ménagères de la journée finies, Zeïnab se fit belle pour aller rendre visite à son beau-père. Elle trouva ce dernier dans son salon en train de discuter avec Trop-Chaud devant la télévision. N'étant pas accompagnée par son mari qui était en déplacement dans une autre ville, et sachant sa belle-mère en déplacement au village, elle avait une forte appréhension de cette visite mais ne pouvait y déroger car cela faisait très longtemps qu'elle n'y avait pas mis les pieds. Sa présence coupa court à la discussion et son beau-père lui souhaita la bienvenue. En voyant son ventre, Trop-Chaud s'enflamma sur le champ.

— Astagh-firullah[16] ! s'écria-t-elle. Enceinte de Samba, exprima-t-elle en peul en tapant dans ses mains. C'est donc vrai ce qu'on me racontait !

Le vieux peul demanda à sa femme dans cette même langue de le laisser s'entretenir seul avec sa belle-fille et celle-ci quitta le salon.

— Comment te portes-tu ? demanda-t-il à la future maman.

— Je me porte bien, répondit-elle brièvement.

Le beau-père observa quelques secondes de silence qui lui permirent de dévisager convenablement sa belle-fille. Celle-ci, pratiquement muette, évitait son regard perçant. Il comprit alors son attitude réservée à son égard et reprit l'échange.

[16] Astagh-firullah signifie pardon à Allah.

Il lui fit savoir qu'il comprenait exactement sa situation difficile dont il avait eu écho et que pendant tous ces mois, il travaillait à apaiser la colère des femmes qui s'en prenaient à elle. On ne change pas un système aussi ancré dans les habitudes du jour au lendemain, affirma-t-il. Cela prend du temps et demande beaucoup de patience. Il l'informa également qu'il suivait de près leur jeune couple. Les griots qui leur rendaient visite venaient lui rapporter tout ce qu'ils voyaient et entendaient. Chacun d'eux témoigna un accueil chaleureux et qu'à chacune des tentatives de dire du mal d'un parent, Zeïnab ne plaçait aucun mot de colère. Elle se contentait de répondre par « Ce que Dieu fait est bon ». De ces retours positifs, le père de Samba était arrivé à la conclusion que sa belle-fille était plus préoccupée par la stabilité de son foyer que d'envisager des ripostes qui seraient la source de beaucoup de tensions et de divisions.

— Je sais qu'il t'arrive de penser du mal de tes beaux-parents, argua le vieux. Je sais également que tu as dû pleurer de toutes tes larmes à plusieurs reprises en cachette. Malgré tout cela, tu ne t'es encore jamais dressée contre nous et tu n'as jamais demandé à quitter ton mari à cause de nos agissements. Cela montre que tu es une femme forte et j'aimerais que tu gardes cette force et cette sagesse que tu as en toi. Les grandes capacités s'accompagnent de grandes responsabilités. Elles ne sont pas données à tout le monde et tu as toute ma confiance et mon soutien. Sache également que si tu continues sur cette voie, les autres finiront par s'y faire tôt ou tard. J'aimerais juste que tu sois patiente et compréhensive et j'ose espérer que tu ne manqueras plus de passer me saluer très souvent…

Après les échanges avec son beau-père, Zeïnab croisa de nouveau Trop-chaud dans la cour. Cette dernière l'insulta grossièrement en peul et regagna le salon où se trouvait son mari.

La future maman sanglota en arrivant chez elle. Les réactions de Trop-chaud avaient blessé son ego. Elle devint soudain nostalgique de son mari et de sa belle-mère pour leur réconfort et elle se mit à souhaiter leur retour rapide pour se sentir moins abandonnée.

De retour à Bamako, Samba rendit visite à ses parents avant de regagner son domicile. Par le hasard des choses, une chanson romantique de l'artiste malien Salif Keïta débutait à la radio et sa femme, le voyant arrivé, se mit à la chanter :

« *Mon chouchou est arrivé, je m'en réjouis.*
*Mon chéri est arrivé,*
*Mon chéri est arrivé, je m'en réjouis.*
*Mon parent est arrivé,*
*Mon parent est arrivé, je m'en réjouis.*
*Mon intime est arrivé,*
*Mon intime est arrivé, je m'en réjouis.*
*Mon confident est arrivé,*
*Mon confident est arrivé, je m'en réjouis.*
*On est dans une bonne ambiance de djembé,*
*Très bonne ambiance de djembé.*
*Nous échangeons des mots doux,*
*Des mots très doux.*
*Nous nous lavons sans raison particulière,*
*Sans réelle raison.*
*Mon chouchou est arrivé,*
*Mon chouchou est arrivé, je m'en réjouis.*
*Je quitte le bavardage solitaire Dieu merci...* ».

Content de cet accueil, le jeune peul fit une belle surprise à sa bien-aimée en lui remettant un sac rempli de tissus africains qui la stoppa dans sa prestation musicale.

— C'est de la qualité supérieure, les magnifia-t-elle. Merci beaucoup, mon amour.

— De rien, ma dulcinée. Tu es également attendue à une rencontre entre femmes au domicile de mon père cet après-midi, concernant les préparatifs de mariage du premier fils de ma marâtre.

Coup de massue ! Zeïnab resta silencieuse et pensive pendant un moment. D'un côté, une bonne majorité des femmes que son mari lui demandait de rejoindre réclamait sa tête. En l'absence de sa belle-mère en déplacement dans son village, elle pourrait passer un mauvais après-midi en leur compagnie. De l'autre côté, elle s'était résolue de ne pas être une source de discorde dans sa belle-famille. Elle décida finalement de s'y rendre quoi qu'il advienne et partit s'habiller quelques dizaines de minutes plus tard.

— Je m'en vais à la rencontre, adressa-t-elle à son mari. Comme tu reviens de voyage et que tu es fatigué, peux-tu me donner le nécessaire pour m'y rendre en taxi ?

Samba lui remit 75 000 FCFA dont 5000 pour le transport, 50 000 pour la cotisation et le reste comme argent de poche. On ne sait jamais ce qui pourrait survenir en cours de route, justifia-t-il le surplus. Il vaut donc mieux avoir de la liquidité sur soi.

À son arrivée au domicile de son beau-père, les participantes étaient quasiment au complet et s'apprêtaient à commencer la réunion dans la grande cour. Seules quelques-unes répondirent à son bonjour tandis que les autres froncèrent les sourcils et l'ignorèrent. Ne sachant pas où s'asseoir, elle s'isola timidement dans un coin à la recherche d'une chaise.

— Viens t'asseoir à côté de moi, lui lança sa belle-mère qui se trouvait au fond de la cour avec ses filles.

— Belle-mère ! s'écria-t-elle en l'approchant.

— Tu es vraiment ravissante, la complimenta la vieille femme.

— Je ne m'attendais pas du tout à te voir ici aujourd'hui. As-tu fait un bon voyage ?

— Oui ! Je suis arrivée il y a à peine une heure, car je ne comptais pas te laisser affronter seule des louves. Quel bonheur de te voir enceinte !

La rencontre se déroula dans une bonne ambiance même si elle s'est pratiquement tenue en langue peule. La belle-mère s'était chargée de lui traduire tout ce qui se disait et un second rassemblement fut décidé pour la semaine d'après.

Zeïnab prépara un bon plat qu'elle adressa à son beau-père et ses deux femmes le jour suivant. Elle y avait mis tout son savoir-faire et était persuadée de marquer des points. Son mari l'apporta et le remit à sa mère qu'il croisa dans la cour. Il regagna ensuite le salon où se trouvaient son père et sa marâtre et leur informa de la raison de sa présence.

— Je ne mangerai pas ce plat, répliqua sa marâtre. Ta femme ne nous amène à manger que lorsque ta mère est ici, à croire que je n'en suis pas une pour toi. Tu as vraiment choisi celle qui sera la cause de l'explosion de cette famille et tu en assumeras les conséquences. D'ailleurs, je ne sais même pas si elle est passée chez un marabout pour mettre une potion maléfique dans ce plat. Aucun de mes enfants ne le mangera non plus…

Quelques instants plus tard, la première épouse se présenta avec le mets. Elle l'avait reversé dans un autre récipient plus large et avait pris soin de mettre en avant les nombreux légumes et viandes qui le garnissaient. C'était du bon thiep[17]. Elle le plaça devant son mari et lui ramena de quoi se laver les mains.

---

[17] Thiep : riz au gras.

— Je ne mangerai pas ce plat, insista de nouveau Trop-Chaud. Aucun de mes enfants ne le mangera non plus.

— Il n'est pas destiné à nos enfants, répliqua la première épouse. Ne te sens pas non plus obligée de le manger.

— Tchip[18], fit Trop-Chaud en tournant son regard vers la télévision.

— Transmets à ta femme notre joie et notre gratitude pour ce geste, conclut la maman de Samba en savourant le délicieux thiep avec son mari.

À la seconde réunion, Zeïnab se présenta dans une posture beaucoup plus confiante et affirmée, comptant sur sa belle-mère.

— Bonjour ! adressa-t-elle aux nombreuses femmes qui avaient décidé d'occuper une grande salle de séjour cette fois-ci. L'absence de sa belle-mère ainsi que les filles de celle-ci sauta à ses yeux. Elles ne rateront pas cette occasion pour me mettre les bâtons dans les roues, pensa-t-elle avant de leur faire savoir sa décision d'aller saluer son beau-père d'abord pour ensuite prendre part à la réunion.

— Tu peux même rester là-bas, répliqua Trop-Chaud. Je ne vois vraiment pas en quoi tu nous seras utile ici.

Elle l'ignora et retrouva son beau-père dans une autre pièce en train de regarder la télévision. Elle y apprit l'hospitalisation de sa belle-mère très tôt dans la matinée. Cette nouvelle l'accabla et lui procura le sentiment d'aller à l'abattoir en rejoignant les autres femmes. Elle décida tout de même d'y retourner, peu importe ce qui se passerait.

La discussion s'arrêta brusquement lorsqu'elle réapparut. Comme si la peur de l'instant réveillait pleinement ses sens, elle entendait le bruit généré par les deux ventilateurs fixés au plafond. Elle lisait également des signes d'agacement sur le

---

[18] Tchip : bruit de succion provoqué par la position des lèvres et de la langue.

visage de certaines participantes et percevait leurs moindres faits et gestes tout en ressentant une soudaine sensation de chaleur intense sur son corps. Sans placer un seul mot, elle s'assit sur une chaise inoccupée qui se trouvait à sa droite et ses voisines se mirent à changer de place une par une. Malgré cela, elle garda son sang-froid et ne plaça pas un mot.

Elles continuèrent avec les échanges en peul sachant bien qu'elle n'y comprenait pas un mot. À l'épuisement de l'ordre du jour, sa belle-mère n'était toujours pas rentrée de l'hôpital et Trop-Chaud chuchota à l'oreille d'une griotte de la chambrer sévèrement.

La griotte s'exécuta sans aucune réserve en Bambara. De ses belles paroles d'offense, elle suscitait des éclats de rire et quelques fois des applaudissements. Elle affirma même qu'un mariage réussi est un mariage accepté et bien préparé par la famille du mari et que cela ne fut pas le cas de Samba.

Fatiguée d'entendre des balivernes, la future maman se leva brusquement de sa chaise et fixa la griotte dans les yeux en lui disant :

— Je souhaite aux nouveaux mariés de former un très bon foyer avec plein d'enfants. Vous gagnerez plus à vous occuper des préparatifs de ce mariage qu'à continuer à vous en prendre à moi. C'est Dieu qui a voulu que je sois l'épouse de Samba et personne ne peut s'opposer à sa volonté. Ne pas comprendre cela, c'est gaspiller son énergie pour rien. Même si je n'ai rien capté de ce qui a été décidé cet après-midi, vous pouvez compter sur ma participation.

Elle prit ensuite la direction de la porte sous la riposte de la griotte qui la poursuivait au pas.

— Ta participation ? éclata-t-elle de rire. N'y compte même pas. Ça se fera sans toi et tu entendras les éloges même si tu te retirais dans une fourmilière ou devenais sourde.

Des éclats de rire fusèrent et la future maman ne put résister à l'envie de répliquer une nouvelle fois.

— Je préfère un mariage qui résiste à tout type d'intempéries plutôt qu'un autre qui éclate au moindre souffle de vent. Et cela, peu importe la manière dont l'union a été célébrée.

— Sorcière ! vociféra la griotte d'une voix nerveuse et tremblante. Es-tu en train de maudire déjà le mariage de ton beau-frère ?

— Ça, c'est toi qui le dis. D'ailleurs, j'ignorais que tu me considérais comme un membre de la famille ? Dieu voit bien le cœur de chacun de nous.

Elle claqua la porte après cette réplique, marcha jusqu'au bord d'une route goudronnée et rentra en taxi. Elle informa ensuite son mari de l'état de santé de sa mère et celui-ci prit précipitamment sa voiture pour l'hôpital. Enfin seule à la maison, les émotions finirent par la posséder entièrement et elle se mit à pleurer de toutes ses larmes.

Malgré son état, elle se convainquait de favoriser l'union entre les membres de sa belle-famille plutôt que le contraire et finit par s'endormir. Son mari rentra tard dans la nuit et la rassura sur l'état de santé de sa mère. Celle-ci avait mangé un plat qu'elle n'avait pas pu digérer et cela l'avait plongée dans un état très critique. Mais Dieu merci, elle s'en était remise.

Le mariage du demi-frère de Samba arriva finalement et toute la famille s'était mise sur son trente et un. Des jours comme celui-ci, les Bamakois peuvent tout accepter comme reproche sauf le fait d'être indexé comme mal habillé.

— Fais vite ! adressa Samba à sa dulcinée. Nous ne devons pas arriver en retard à la mairie.

— Oui chéri, j'arrive. Donne-moi juste cinq minutes s'il te plaît, le temps de finir de brûler l'encens[19].

Elle rejoignit plus tard son mari dans la voiture.

— Je te trouve très ravissante et belle.

— Merci mon chéri. Je te trouve également très beau.

D'une mine joviale et enthousiaste, ils se rendirent à la mairie. Les griots animaient déjà les lieux et chantaient les louanges des invités qui leur donnaient des billets de banque. Des occasions comme celle-ci, ils en saisissent plusieurs dans l'année pour se renflouer les poches. On entendait de part et d'autre des intonations fortes et aiguës. À quelques pas de Samba, un homme de caste suivait au pas un jeune homme qui se dirigeait vers sa voiture. La sueur sur le front, il exaltait la louange de ce jeune avec force et détermination :

*« Petit-fils de Djiguiba !*
*Marche comme un roi et rentre dans ta voiture de marque,*
*Les hommes t'attendent, les femmes t'attendent,*
*Avec toi, un griot n'a jamais pleuré.*
*Fils de Sidiki !*

[19] Les femmes brûlent l'encens au Mali pour parfumer leur habit avec.

*Marche comme un seigneur et rentre dans ta voiture de marque,*

*C'est Dieu qui t'a gratifié de ce bonheur,*

*Quand Dieu décide, ses serviteurs ne peuvent rien y changer,*

*Tes capacités d'aujourd'hui et de demain ne dépendent que de dieu… »*

Dans la foulée, les nouveaux mariés arrivèrent dans une belle voiture toute neuve, louée et décorée pour l'évènement. Le demi-frère de Samba, habillé en grand boubou blanc portait un bonnet de la même couleur. Quant à sa promise, elle portait une robe de mariée sirène. Main dans la main, ils entrèrent ensemble dans la salle de célébration au milieu des invités qui s'entassaient petit à petit au fond de la salle pour ne rien rater.

Les tourtereaux et leurs témoins occupèrent le premier rang devant le maire. Cet officier d'état civil entama la cérémonie avec un petit mot d'accueil suivi d'un discours plus personnalisé et continua avec la lecture des articles clés du Code civil définissant les droits et les devoirs des époux. Une fois ces étapes passées vint le moment tant attendu de se prononcer sur le statut de monogamie ou de polygamie et de se dire « oui ». Il demanda à toute la salle de prêter oreille au consentement des époux. Contrairement à Samba, son demi-frère choisit la polygamie et les deux se dirent oui pour la vie. Ils échangèrent les alliances, se firent un bisou rapide à la demande des invités et signèrent avec leurs témoins le grand registre. Des photographes professionnels, engagés pour l'occasion, immortalisèrent les moments.

À la sortie de l'établissement public, un long cortège de voitures et de motos se mit en place pour aller saluer quelques parents des nouveaux mariés et pour prendre des photos dans des endroits aménagés pour ce type d'évènement. Zeïnab et son mari choisirent d'y prendre part.

Le cortège prit par la suite la direction d'un hôtel très célèbre de la capitale. Une grande fête y était organisée. Les invités étaient servis en boisson et en nourriture et passaient un très bon moment sous le chant des griots et des artistes invités. L'ambiance était conviviale et la maman de Samba y était présente. Seul son mari était absent et préférait les attendre à la maison.

Zeïnab s'épuisa au bout de quelques heures à cause de sa grossesse. Elle le fit savoir à son mari et ils rentrèrent directement chez eux.

Des semaines passèrent avant que la grossesse de la future maman n'arrive à terme. En plein sommeil, ronflant et voulant connaître le dénouement de son rêve, Samba fut réveillé par celle-ci pour l'amener rapidement à l'hôpital.

— Je perds les eaux. Amène-moi vite à l'hôpital ! Vite !

C'était un dimanche vers 5 h du matin et Zeïnab fut conduite à la plus grande maternité de la ville par son mari et sa mère biologique. Elle fut rapidement prise en charge par les agents du centre.

Sa mère était revenue du village quelques semaines plutôt pour l'assister et l'accompagner dans cette période spéciale. Dans le hall d'attente, Samba était très inquiet et impatient. L'idée qu'il allait bientôt être papa l'empêchait de se tenir sur place et l'obligeait à faire les cent pas.

Samba et sa belle-mère ne savaient rien de ce qui se passait dans la salle d'accouchement car ils n'étaient pas autorisés à y assister. Cela faisait plusieurs dizaines de minutes que Zeïnab avait été admise dans ce centre et ils entendaient des cris de femmes de là où ils se trouvaient. Se sentant impuissant face à la situation, le jeune peul pensa à informer sa mère afin qu'elle vienne également leur tenir compagnie. Il alla rapidement la chercher.

Au retour, ils croisèrent la sage-femme qui venait annoncer la nouvelle. Ils avaient eu un beau garçon. Tout excité, Samba prit la direction de la salle d'accouchement mais fut rattrapé par la sage-femme. Il n'était toujours pas autorisé à voir sa femme. Sa mère demanda à la sage-femme si les deux grands-mères pouvaient participer au premier bain du nouveau-né et celle-ci accepta cette requête. Le jeune peul retourna s'asseoir et une demi-heure plus tard, il pouvait les rejoindre.

Grande fut sa joie lorsqu'il poussa la porte et qu'il vit pour la première fois le visage de son enfant couché à côté de sa femme. Il le regarda avec amour sans trop oser le toucher car il craignait de mal s'y prendre. Il s'informa également de l'état de santé de sa femme après cet exploit. Celle-ci était visiblement très fatiguée et avait besoin de repos. Il prit place sur un siège vide installé à côté d'elle et prit son enfant dans les bras.

Il le voyait désormais de plus près. Cet être minuscule qui, plusieurs mois auparavant, n'était visible que par le ventre de sa mère, faisait désormais partie de ce monde et respirait l'air libre. Il se sentait si fier d'être papa.

Ils retournèrent à la maison en début d'après-midi. Vu l'état de la maman et du bébé, le centre ne jugea pas nécessaire de les garder plus longtemps. Samba ainsi que sa mère et sa belle-mère se chargèrent d'informer les autres membres de la famille et les visites se succédèrent.

Une semaine plus tard, un grand baptême fut organisé à leur domicile et on donna à l'enfant le prénom Ousmane. Il devenait par cet acte l'homonyme du père de Samba et la famille peule, à l'instar de celle de Zeïnab, participa massivement à cette cérémonie. Après tout, l'enfant portait le sang qui a toujours coulé dans les veines de son père, dans celles de son homonyme et de tous ceux qui les ont précédés dans l'alimentation de la chaîne de progéniture de cette famille peule. Il était peul, même si sa maman n'en était pas une et sa présence venait enraciner pour de bon la place de celle-ci dans la communauté de son père.

Après la proclamation du nom de l'enfant par l'imam du quartier, le griot Gouro prit le boutchou dans ses bras et l'observa de plus près. Il se rapprocha ensuite du vieux peul et de son cadet Hamadi et leur fit un signe d'approbation de la tête. Dieu est au contrôle, lui répondit Hamadi.

Une des petites sœurs de Samba ne put s'empêcher de prendre la nouvelle maman de côté pour lui poser une question qui l'intriguait.

— Comment fais-tu pour être accueillante et sereine au milieu de toute cette haine et de toute cette hypocrisie ?

— Deux choses principales me font tenir le coup. D'abord l'amour et le soutien de mon mari et ensuite mes priorités de vie. Les haineux et les hypocrites ne font pas partie de mes priorités de vie. Les combattre ne m'apporte absolument rien. Au contraire, cela me détruira à petit feu et finira par faire de moi une personne que je ne suis pas.

La réponse semblait satisfaire sa curiosité car elle n'en posa plus aucune et retourna auprès de sa mère, le sourire aux lèvres.

La mère de la nouvelle maman remercia le seigneur de lui avoir permis de connaître la joie de voir son premier petit fils. De plus, la présence massive des deux familles à cette cérémonie était un très bon signe à ses yeux. En attendant l'arrivée prochaine de son mari du village pour prendre son petit-fils dans ses bras, elle apportait avec l'appui de la mère de Samba le soutien et l'accompagnement nécessaires dont la nouvelle maman avait besoin.

# Partie III
# Le drame

Trois années s'écoulèrent depuis la première prestation vocale du petit Ousmane à la maternité. Celui-ci avait la langue bien pendue et avait suivi un long processus aussi pénible que plaisant pour lui, pour être autonome dans ses déplacements en utilisant ses quatre membres, puis en utilisant seulement deux. Il bougeait beaucoup et avait pris goût de monter sur les bras du canapé du salon. Un vrai bandit, aimait dire son père qui le rattrapait très souvent de justesse avant une chute. Le bonheur était perceptible dans le plaisir qu'il procurait à ses géniteurs et dans l'alchimie qu'il y avait entre eux.

Dans la famille peule, Zeïnab jouissait désormais d'une bien meilleure considération. Sa place d'épouse n'était plus remise en cause ouvertement. Elle amenait régulièrement son fils chez ses grands-parents paternels et maternels qui s'adonnaient systématiquement à la parenté à plaisanterie tout en le choyant.

— Mauvais mari ! le taquinaient fréquemment ses grand-mères. Es-tu finalement décidé à t'occuper de tes femmes comme il se doit ?

Le petit Ousmane persistait dans sa timidité et s'agrippait à sa mère qui lui mettait des mots dans la bouche.

— Dis-leur que tu es prêt à leur offrir de jolies robes de soirée si elles acceptent quelques virées nocturnes à tes côtés…

La bonne humeur était là à nouveau dans la famille peule. Des efforts étaient faits de part et d'autre pour ne pas casser cette harmonie fragile qui existait dorénavant. Même Trop-Chaud suivait cette tendance et s'adonnait à la parenté à plaisanterie avec son nouveau mari[20]. Seulement, Zeïnab se méfiait des intentions cachées de Trop-Chaud, tout comme sa belle-mère d'ailleurs. Elle mesurait pleinement sa capacité de nuisance et l'évitait du mieux qu'elle le pouvait car elle croyait fermement au dicton malien selon lequel « Nous avons beau laisser nos mauvaises habitudes à la porte, elles finissent toujours par nous rejoindre lorsqu'on s'éternise à l'intérieur ».

Le foyer du fils aîné de Trop-Chaud était très instable. Cet irresponsable sortait pratiquement toutes les nuits et revenait ivre la plupart du temps. Les mois passant, sa femme commença à s'en plaindre de moins en moins car elle fut frappée d'un complexe vis-à-vis de son mari et de sa belle-famille. Elle n'arrivait pas à tomber enceinte et essuyait tous les reproches de ses beaux-parents alors que son mari n'était nullement remis en cause. Trop-Chaud l'amenait régulièrement consulter des marabouts. Elle lui faisait également prendre toute sorte de médicaments traditionnels dont elle avait connaissance. Elle voulait absolument un petit-fils ou même une petite fille afin d'assouvir son désir d'être une grand-mère et par la même occasion rattraper son retard sur sa coépouse. Malgré les efforts déployés, le salut n'était pas au rendez-vous. Alors, elle décida de chercher une seconde épouse pour son fils. Son choix aurait certainement porté sur sa nièce que Samba avait recalée si seulement cette dernière n'était pas désormais l'épouse d'un richissime parent résidant dans un pays voisin. Sa prospection au sein de la proche famille suivait donc tranquillement son cours.

— Zeïnab est très distante avec moi, confia-t-elle à Gouro qu'elle avait convié un jeudi en début d'après-midi. Pourtant, je

[20] Le petit Ousmane.

fais tout mon possible pour qu'elle me considère de la même manière que ma coépouse. Mais rien n'y est fait.

— Souhaites-tu que j'aborde ce sujet avec elle ?

— Cela fait plus de deux ans que je n'ai pas mis les pieds chez elle depuis la cérémonie de baptême de son fils. Une visite surprise à son domicile pour montrer ma bonne foi à enterrer nos haches de guerre serait beaucoup mieux. Peux-tu m'accompagner là-bas s'il te plaît ?

— Bien sûr. Cela est une sage décision.

Ils se rendirent au domicile de Samba. Le vieux griot poussa la porte principale de la villa et lança un bonjour dans la cour pour indiquer leur présence. En arrivant devant la porte du salon, un homme à la chemise grandement ouverte et la ceinture mal mise sortit comme un voleur. Il projeta Gouro par terre en l'écartant de ses mains et s'éclipsa. Trop-Chaud resta figée sur place et ne put crier. Elle aida finalement Gouro à se relever et les deux s'empressèrent dans le salon pour s'enquérir de l'état de santé de la femme du jeune peul.

— Zeïnab ! s'écria Gouro qui ne la voyait nulle part.

— J'arrive, répondit-elle d'un ton non rassurant depuis sa chambre.

— Sors rapidement ici pour que je te voie ! insista Gouro.

Elle se montra quelques secondes plus tard en t-shirt et en pagne dans un état inconsolable.

— Que t'a-t-il fait ? s'inquiéta Gouro. Qui est ce jeune homme ?

Elle pleurait à chaudes larmes et ne put sortir un mot de sa bouche.

— Parle ! éclata Trop-Chaud.

— C'est Dady, répondit-elle.

— Tu le connais en plus, s'étonna Trop-Chaud en tournant son regard vers Gouro.

— Qui est Dady ? Et qu'est-ce qu'il t'a fait ? questionna de nouveau le griot.

Elle resta muette une fois de plus, puis s'affaissa brusquement et répéta en boucle des phrases de désolation. Elle se disait foutue.

— Astagh-firullah, prononça Trop-Chaud en prenant sa tête. Je crois savoir ce qui s'est passé.

— Quoi ? rétorqua Gouro en la fixant droit dans les yeux.

— Je crois qu'ils forniquaient.

— Non ! réfuta systématiquement Gouro. Ce n'est pas possible. Cela ne peut être vrai…

La nuit tomba et Samba rentra du boulot après une dure journée. Il s'était déjà imaginé être dans les bras de morphée à la suite d'une bonne douche et d'un bon dîner avec sa petite famille. Mais il fut accueilli par un grand silence et plusieurs visages fermés. Seuls étaient audibles les reniflements de sa femme qui pleurait. Il y avait dans la salle son père, sa mère, sa marâtre, son oncle Hamadi, Gouro, Zeïnab elle-même ainsi que l'oncle et la tante Na-Sira de celle-ci.

— Bonsoir, salua-t-il. Que se passe-t-il ici ?

— Te voilà enfin ! répondit Gouro. Nous commencions à impatienter.

— Quelque chose est-il arrivé à mon fils ? s'agita le jeune peul. Pourquoi n'est-il pas avec vous ?

— Il va très bien, le rassura Na-Sira. Je lui ai donné à manger et l'ai amené au lit il y a une trentaine de minutes.

Le jeune peul s'assit sur le tapis à côté de sa femme dont les yeux étaient rouges de sang et avaient gonflé. Il lui demanda ce qui n'allait pas.

— Si seulement tu connaissais la raison de notre présence ici, tu ne l'aurais même pas approchée, lui prévint Trop-Chaud.

Samba ignora cet avertissement. Sa mère ainsi que Na-Sira froncèrent les sourcils sans répliquer.

— Peut-on me dire enfin ce qui se passe ? demanda de nouveau le jeune peul.

— Je vais le faire, répondit Gouro. Et il est important que les échanges soient menés dans un esprit de vérité et de respect mutuel.

— Je tiens absolument à la vérité, appuya Trop-Chaud. C'est pourquoi j'ai chargé le chauffeur d'aller prendre une personne qui nous aidera à faire toute la lumière.

— De qui s'agit-il ? demanda Gouro.

— C'est une personne bien connue de nos jours à Bamako. Nous pouvons commencer sans lui. Il nous rejoindra sous peu.

— D'accord, acquiesça Gouro. Il tourna son regard vers Samba, avala sa salive, puis lui raconta qu'un certain Dady s'était présenté chez lui et avait agressé sa femme.

— Quoi ! Tressaillit le jeune peul. Quel salaud ! T'a-t-il blessée ? s'inquiéta-t-il en examinant rapidement sa femme.

Zeïnab versait encore des larmes et resta muette.

— Tu le connais toi aussi ? adressa Trop-Chaud au jeune peul.

— Oui, je l'ai connu à l'époque où je courtisais encore Zeïnab.

Trop-Chaud redressa légèrement son buste et résuma les faits à sa façon.

— Gouro a mesuré ses mots pour ne pas t'offenser mais je me dois de te dire ce qui s'est réellement passé, même si c'est cru à entendre. Il est clair que Dady prenait du plaisir avec ta femme lorsque je suis arrivée chez toi avec Gouro. Reste maintenant à savoir si c'était une agression, un acte consenti ou si elle te trompait avec lui depuis bien longtemps.

— Je n'ai jamais trompé mon mari, se défendit Zeïnab au milieu des sanglots. Dady a méchamment voulu abuser de moi sans y parvenir. Que cela soit bien clair pour tous.

Trop-Chaud contesta rapidement cette réplique.

— Il faut être dupe pour croire à ta version après ce que nous avons vu. De toutes les façons…

— Tais-toi ! s'emporta Na-Sira. Pourquoi cherches-tu à incriminer coûte que coûte notre fille après ce qu'elle vient d'affirmer ?

— Calmez-vous s'il vous plaît, intervint Gouro.

Le marabout Famoussa franchit la porte au même moment et salua.

— Tu arrives à point nommé, s'en réjouit Trop-Chaud.

Zeïnab et sa tante tombèrent des nues en voyant le marabout. L'oncle Hamadi, le père Ousmane, le griot Gouro et le mari de Na-Sira suivaient la scène avec une grande attention.

— Voici Famoussa, l'un des plus grands marabouts de cette ville, le présenta Trop-Chaud. Il est en ce moment très sollicité dans les émissions télévisées et radios sur la religion, la divination et les médicaments traditionnels. Certains d'entre vous le connaissent sûrement déjà. Il nous aidera à éclaircir cette affaire.

— Comment peux-tu être aussi malsaine ? proféra la mère de Samba sur sa coépouse. Pourquoi cherches-tu à tout prix à détruire le foyer de mon fils ?

— Loin de moi l'idée de nuire au foyer de notre fils, mais j'ai été traitée de tous les noms dans cette famille à cause de cette femme[21]. Aujourd'hui, c'est Dieu qui tranche entre nous en

[21] Zeïnab.

dévoilant ses vices abominables. Je ne demande que la vérité et rien de plus.

— Sommes-nous maintenant réduits à écouter un marabout à la place de ceux mêmes qui sont concernés ? s'indigna l'oncle de Zeïnab.

— Dady s'est éclipsé comme un voleur, rappela Trop-Chaud. À moins de le retrouver et de le ramener, on ne peut pas croire à la seule version de Zeïnab.

— Ma femme n'est pas une menteuse et les derniers propos sur elle sont inappropriés, intercéda Samba en faveur de son épouse. Je suis prêt à écouter sa version des faits et à lui faire entièrement confiance.

— Nous ne sommes pas tous aussi sûrs que toi sur ce point, insista Trop-Chaud. Surtout qu'à notre arrivée, elle n'arrêtait pas de répéter qu'elle était morte, qu'elle était finie. Gouro peut témoigner de cela.

Samba leva son regard vers Gouro qui acquiesça rapidement de la tête. La mère du jeune peul fondit aussitôt en larme.

— Cela coûterait quoi de laisser Famoussa nous éclaircir sur cette affaire ? questionna Trop-Chaud. À moins que quelqu'un ici ait un doute sur ses compétences ; auquel cas, il faudrait se manifester.

Famoussa balaya du regard tout un chacun et resta figé sur Na-Sira qui le menaçait des yeux.

— Je sens que cette femme souhaite émettre un avis contraire, dit-il avec un sourire narquois. Nous devrions peut-être écouter ce qu'elle a à nous dire.

— Je pense qu'il serait sage de mettre à profit les deux prochains jours pour retrouver Dady et l'entendre aussi, proposa Na-Sira. Samba et Zeïnab pourraient faire une déposition demain matin à la police et je demanderai aussi à quelques jeunes du quartier de le retrouver.

Famoussa poussa un soupir.

— Je pense qu'elle a raison, trancha le père Ousmane. Ce délai permettra également à Samba et à sa femme de discuter tranquillement entre eux sans tout ce monde. Retrouvons-nous ici le dimanche à 15 h pour continuer les pourparlers. Famoussa aussi pourra participer s'il le souhaite.

— Je suis également de cet avis, appuya son cadet Hamadi.

Ils mirent ainsi fin aux échanges et chacun regagna son domicile.

Samba installa sa femme dans leur chambre et partit rapidement voir son boutchou. Par peur de l'obscurité, celui-ci dormait comme une poupée sous sa petite veilleuse de chevet qui était allumée. Il ferma doucement la porte pour ne pas le réveiller et rejoignit sa femme qui retrouvait petit à petit la parole.

— J'essaye de rester calme, mais en réalité je bouillonne de l'intérieur, se confia-t-il. Mon cœur réclame vengeance et s'oppose à mon esprit qui me le déconseille. Il serait peut-être mieux que tu dormes. Je m'absenterai du boulot demain et resterai avec toi. On aura toute la journée pour en parler calmement.

— Après ce que Trop-Chaud a tenté de faire, je me sentirais un peu mieux si tu connaissais la vraie version des choses. J'y tiens.

Il lui fit signe des mains de se soulager la conscience.

— Je n'ai pas suffisamment de preuve de ce que j'avance mais je suis victime d'un grand complot.

— De qui ?

— De plusieurs personnes. Ma cousine Djelika[22], Trop-Chaud, Dady et Famoussa le marabout.

— Ohhh ! soupira-t-il en touchant son front.

— C'est très sérieux Samba. Djelika devait passer chez moi dans l'après-midi pour me coiffer mais elle n'est finalement pas venue. À ma grande surprise, c'est Dady que j'ai vu débarquer. Il ne m'avait jamais rendu visite auparavant. Il se rassura de la seule présence de mon fils avec moi ; celui-ci faisait d'ailleurs sa sieste dans sa chambre. Il prétexta se renseigner sur une fille qui habite à quelques pas d'ici et qu'il désirait épouser. Mais en pleine discussion, il se leva brusquement comme s'il était possédé par un démon et se jeta sur moi. Je me suis débattue comme je pouvais mais il avait plus de force et m'étranglait pratiquement.

— Putain, prononça-t-il syllabe par syllabe avec dégoût.

— Je tiens à ne rien te cacher et à te donner les moindres détails afin de ne pas ébranler la confiance que tu as toujours eue en moi. Il parvint à déchirer ma robe car j'étais affaiblie et pratiquement à sa merci. D'une main, il se déshabillait progressivement, l'autre main me retenant. Comme si Dieu avait envoyé un ange à mon secours, la voix de Gouro parvint à nos oreilles. Dady paniqua et s'échappa comme un voleur. Pour que Gouro ne me voit pas avec des habits déchirés, je me suis débrouillée à rejoindre ma chambre pour me changer. Et quand je l'ai rejoint finalement au salon car il s'inquiétait, il était avec Trop-Chaud. La présence de celle-ci m'a fait un plus grand choc. Comment a-t-elle pu se retrouver là à ce moment précis ? À part un complot, je ne vois aucune autre explication. Mon esprit se mit aussitôt à m'alerter sur le danger que représentait cette

[22] Djelika est la seconde fille de sa tante Na-Sira.

femme pour mon foyer. J'entendais à peine les questions que me posait Gouro. Je finis par m'écrouler sous l'effet de l'angoisse.

— Je te crois mon amour et je m'en veux terriblement de n'avoir jamais pensé à prendre un gardien de maison pour nous protéger. Mais ce qui est arrivé ne se répétera plus In-Shaa-Allah. Il est maintenant de mon ressort de mettre de l'ordre dans tout ça. Essaye de te reposer s'il te plaît. Tu en as vraiment besoin.

Elle se coucha sur le côté, le dos tourné à son mari. Le bracelet sur son avant-bras était là, devant ses yeux. Un sentiment de culpabilité l'envahit pour n'avoir pas pensé à s'en servir. Après une courte réflexion, elle se persuada qu'il n'était pas trop tard de demander de l'aide à son grand-père. Elle lui fit ainsi appel dans ses pensées, le cœur meurtri et finit par fermer les yeux avant les premières lueurs du jour.

— Tu es dans un piteux état, l'aborda le grand-père dans son sommeil.

— Il faut vraiment que tu m'aides grand-père à retrouver toute ma dignité dans cette affaire.

— Ce n'est pourtant que le cours normal des choses ma petite fille et tu avais été prévenue de cela dans la cabane des magnanimes exceptionnels.

— Mais comment pouvais-je savoir que les choses se présenteraient ainsi ? Quel genre de précautions pouvais-je prendre contre un évènement dont je n'ai carrément pas vu venir ?

— Rien, car c'est le cours normal de ta vie.

— Aide-moi grand-père à triompher face à Trop-Chaud et Famoussa. Ils sont sur le point de détruire ma famille.

— Ô, ma pauvre petite fille ! Tu as encore beaucoup de choses à apprendre dans ce monde. J'accepte de t'aider à la seule condition que tu acceptes aussi de suivre à la lettre mes directives.

— Je ferai ce que tu voudras grand-père car j'ai une confiance aveugle en toi.

— Samba sera bientôt envoûté par un puissant sortilège et te demandera le divorce. À la place, propose-lui une pause de quelques mois dans votre couple. Il te demandera également de te trouver un autre toit et de lui laisser la garde de votre enfant. Il te faut accepter cela et décider d'aller vivre au village auprès de tes géniteurs. C'est là-bas que tu auras la solution à tous ces problèmes.

— Ainsi, tu me demandes d'accepter de m'éloigner de mon fils et de mon mari pendant des mois pour un avenir meilleur pour nous tous ?

— Je sais que c'est dur pour toi d'abandonner ton fils et ton mari de cette manière. Mais si tu suis exactement ces directives, tu ne le regretteras vraiment pas.

— Je les suivrais dans ce cas grand-père…

La rumeur de l'infidélité de Zeïnab se répandit comme une traînée de poudre dans la grande famille peule. Trop-Chaud s'en était chargée. Elle était si fière d'avoir enfin le dessus sur cette dame qui l'avait mise en échec dans bien de situations. Elle ne supportait pas les éloges sur celle-ci alors qu'on en faisait beaucoup moins sur la femme de son fils aîné. Déstabiliser le foyer de Samba était pour elle un moyen de détourner l'attention du foyer de son fils pendant un bon moment.

Après la grande prière du vendredi dans les mosquées de Bamako, l'ombre des arbres servait de refuge aux riverains. Dans la rue où habitait Na-Sira, nullement goudronnée et assez ouverte à la rencontre des résidents et des passants en véhicule ou à pied, de jeunes garçons jouaient aux billes par terre et de jeunes filles s'amusaient à la corde à sauter, à la marelle ou encore au jeu de l'élastique. Les salutations suivaient les rencontres et étaient généralement adressées aux plus âgés par les plus jeunes. Certaines personnes s'arrêtaient pour discuter et prendre des nouvelles, tandis que d'autres se contentaient d'une salutation qu'elles lançaient ou recevaient.

Na-Sira prit le chemin du domicile du marabout Famoussa. En dépit du traumatisme et des séquelles que lui avait laissés ce monsieur il y a plus de trois ans, elle se devait d'intervenir pour arranger les choses à l'amiable. Trop-Chaud a dû lui donner beaucoup d'argent pour qu'il accepte de la servir ainsi, avait-elle imaginé, car l'argent est bel et bien le seul carburant qui alimente le moteur des marabouts à Bamako. Elle savait aussi que ses maigres moyens financiers risquaient de ne pas provoquer un retournement de veste chez lui. Dialoguer était la seule option qu'il lui restait. Et si cela pouvait améliorer les choses ne serait-ce qu'un tout petit peu avant la prochaine rencontre, alors elle était prête à tenter le coup.

À deux maisons du domicile de Famoussa, elle aperçut une personne qu'elle n'imaginait pas fréquenter ce lieu. Elle se cacha rapidement derrière un arbre pour mieux l'observer sans être vue. C'était bel et bien la mère de Samba qui sortait d'une consultation avec le marabout. Celle-ci s'arrêta un instant devant la porte. Elle jeta un coup d'œil rapide à gauche et ensuite à droite pour s'assurer qu'aucune connaissance ne l'avait vue, puis elle prit place à l'arrière d'un taxi qui l'attendait.

— Humm ! s'étonna Na-Sira en pinçant son menton, les yeux grandement ouverts. Un même marabout qui sert deux coépouses qui ne s'entendent aucunement. Tant qu'on ne meurt pas, on verra tout dans ce pays.

Le taxi ne tarda pas à partir et Na-Sira continua d'avancer. Devant le domicile du marabout, une hypothèse lui vint à l'esprit. Et si la mère de Samba était ici pour la même raison que moi ? Elle a autant de moyens que sa coépouse et a dû sûrement racheter la loyauté de Famoussa. Je n'ai donc finalement rien à faire ici.

Elle hésita encore pendant un court moment avant de se décider de rebrousser chemin. Elle se concentra par la suite sur les recherches sur Dady qui se révélèrent infructueuses. L'appartement que celui-ci louait dans l'immeuble d'un riche commerçant avait été vidé et les clés rendues au propriétaire. Tout portait à croire qu'il avait quitté la ville depuis le jour de l'agression. Son ex-copine Mamy n'avait pas plus d'information à donner. Elle avait rencontré un autre mec plus sérieux et plus attentionné et s'était séparée de Dady. Elle semblait plus épanouie dans cette nouvelle relation et préparait même ses cérémonies de mariage.

La mère de Samba l'invita à dîner à la maison pour échanger sur la suite des choses. Son plat préféré avait été préparé : du bon poulet rôti et de la banane plantain. Le jeune peul était pourtant bien silencieux à son retour et évita tout commentaire sur sa soirée à sa femme. Il ne tarda pas à s'endormir.

Zeïnab ne ferma pas les yeux de la nuit. Elle resta couchée à regarder son mari et avait ressenti une grande peur. Serait-ce ainsi qu'allait prendre fin leur si beau couple ? De sombres pensées défilèrent dans sa tête et des larmes de tristesse inondèrent ses joues.

Le lendemain, Samba se réveilla avec une mauvaise mine. Quelque chose le chagrinait et occupait pleinement son esprit. Le petit Ousmane chuta du canapé sans qu'il n'ait eu le moindre réflexe de le rattraper à temps. Les cris de ce dernier l'énervèrent encore plus. Il héla sa femme qui se trouvait dans la cuisine et lui donna instruction de s'occuper de son fils. Zeïnab prit le boutchou dans ses bras et lui donna la tendresse nécessaire pour qu'il se taise. Elle se tourna ensuite vers son mari et s'enquit de son état.

— Quelque chose te tourmente l'esprit mon amour. Qu'est-ce qui ne va pas ?

Samba ne réagit pas à sa question.

— Suis-je concernée par cela ? continua-t-elle de demander.

— Oui ! répondit sèchement le jeune peul.

— Dans ce cas, je suis décidée à entendre ce que c'est et peu importe l'ampleur.

Le jeune peul soupira et Zeïnab sentit que la déchirure était imminente.

— Il serait mieux que nous nous séparons, dit-il le regard détourné d'elle.

— Quel soudain changement d'attitude entre hier et aujourd'hui ! C'est ta mère qui t'a préconisé cela ?

— Pas du tout. Au contraire, elle ne ménage aucun effort pour éviter un effritement dans notre foyer.

— Tu as donc dû échanger avec Trop-Chaud alors ?

— Je n'ai pas eu une seule seconde pour celle-là. Cette décision est purement personnelle après mûre réflexion.

— Et je peux savoir ce qui te pousse à aller dans ce sens ?

— Je ne suis pas en état de me justifier ni de mener un débat de persuasion. Peut-être qu'un jour, on aura une discussion sur les vraies raisons mais actuellement je veux juste qu'on divorce. Et je veux aussi avoir la garde de mon fils.

— Triste conséquence logique de ce qui nous arrive. Et dire que quelques années plutôt, nous nous promettions amour et fidélité ; que rien ne pourrait nous séparer l'un de l'autre et qu'on vivrait ensemble pour l'éternité. Nous avons même bravé les décisions de tes parents pour être ensemble. Et voilà qu'un malheureux évènement, sans tête ni queue, est venu tout foutre en l'air et t'a fait oublier ton amour pour moi.

Sous le coup de l'émotion, Zeïnab versa des larmes, puis se rappela ses engagements pris à son grand-père de ne pas s'opposer à la décision de son mari.

— Je respecterai ta décision, lui dit-elle. Mais je voudrais qu'à la place du divorce, nous nous donnions six mois de pause. Passé ce délai, s'il devient clair qu'une séparation entre nous est inévitable, alors je l'accepterai contre ma volonté certainement.

— J'accepte cette proposition. Mais il faudra que tu retournes chez ton oncle pendant cette pause. Cela nous évitera bien de problèmes à gérer.

— Ne te fais pas de soucis pour cela. J'irai même m'installer directement chez mes parents à Bougoumori. Là-bas au moins, je serai réellement chez moi.

— Nous informerons les parents à la réunion de ce dimanche. Faire une pause de six mois avant toute décision finale sur notre sort me paraît être un très bon compromis.

Le dimanche en début d'après-midi, Na-Sira et son mari arrivèrent avant tous les autres. Ils avaient choisi de ne pas informer les géniteurs de leur nièce avant d'être sûrs du dénouement de cette affaire. Cela justifiait leur avance et leur impatience.

Zeïnab en profita pour s'entretenir rapidement avec sa tante dans la cuisine.

— Samba est victime d'un sortilège aussi puissant que ce que Famoussa nous avait fait connaître. Mais je n'ai aucune preuve que cela est l'œuvre de ce marabout minable.

— Il se pourrait bien que ce soit son œuvre pourtant.

Zeïnab marqua son étonnement en sursautant légèrement en arrière.

— Oui, continua sa tante. Le vendredi dernier, en début d'après-midi, j'avais décidé de me rendre chez Famoussa pour le dissuader de te causer plus de préjudices. Mais à ma grande surprise, j'ai aperçu la mère de Samba sortir de chez lui et emprunter un taxi qui l'attendait à la porte.

— Es-tu sûre de ce que tu me dis ma tante ?

— Absolument. Je me suis cachée derrière un arbre pour bien l'observer et c'était bien elle. Famoussa a dû la tromper en lui remettant une potion qui n'arrange nullement les choses.

— Tout paraît soudainement plus clair dans ma tête. Il fait en sorte de dégrader autant que possible les choses avant la réunion.

Les deux femmes marquèrent un court silence, les yeux dans le vide.

— J'ai pris la décision avec Samba d'observer une pause de six mois dans notre vie de couple. Cette décision est mûrement réfléchie et nous semble être un bon compromis pour nous remettre de tout cela.

— Astagh-firullah, prononça Na-Sira.

— Et j'ai également décidé de passer ces six mois à Bougoumori. Cela me permettra de m'éloigner un peu de cet environnement qui m'empoisonne depuis un certain temps. D'ici là, priez pour nous ma tante pour que les choses s'améliorent dans le bon sens du terme. Je voulais t'en informer avant les autres pour que l'annonce de la décision ne soit pas une surprise pour toi. Et si cela t'est également possible, préviens mon oncle pour éviter l'effet de surprise chez lui.

Na-Sira s'isola rapidement avec son mari et le prépara mentalement à accueillir la décision qui allait tomber. La réunion commença à 15 h comme convenu et plusieurs oncles de Samba s'étaient invités sur les lieux.

— Nous voilà encore réunis ici pour aider Samba et sa femme à surmonter la situation qu'ils vivent ces derniers jours, commença le griot Gouro. Avez-vous pu discuter calmement entre vous Samba ?

— Oui et nous sommes même arrivés à une décision que nous avons jugé très satisfaisante pour nous.

— Peux-tu la partager ici pour qu'on évalue ensemble sa justesse ? rebondit Gouro.

— Bien sûr. Nous avons décidé d'un commun accord de permettre à Zeïnab de prendre quelques semaines pour elle loin de notre famille et de Bamako. Elle ira passer un moment à

Bougoumori auprès de son père et de sa mère. Cela nous permettra de nous reconstruire lentement et mieux avancer.

La mère du jeune peul fut estomaquée par cette annonce. Elle ne l'avait aucunement envisagée. Elle détourna son regard des autres et serra la mine.

— Serait-ce une façon d'anticiper un potentiel divorce Samba ? questionna son oncle Hamadi. Autant nous sommes très exigeants sur les projets de mariage, autant nous le sommes également avec le divorce.

— Le divorce n'est pas au programme, répondit Zeïnab à la place de son mari.

— Vous êtes tout de même prévenus, dit Hamadi d'un ton intraitable.

— Qu'avez-vous décidé pour mon homonyme ? demanda le père Ousmane à son fils.

— Il restera avec moi, répondit-il. Je ferai venir une de mes sœurs pour prendre soin de lui pendant l'absence de sa mère. Ton homonyme ne te manquera pas père. Tu peux être tranquille sur ce point.

Le père Ousmane acquiesça de la tête.

— Pouvons-nous maintenant laisser le marabout effectuer son travail ? proposa Trop-Chaud.

— Une quelconque intervention de ce marabout ne serait pas la bienvenue ici, s'opposa l'oncle de Zeïnab.

— Je suis d'accord avec mon mari, appuya Na-Sira. Si tu veux ta vérité Trop-Chaud, tu devrais aller la chercher au domicile de Famoussa. Nous ne sommes pas ici pour faire du spectacle.

Trop-Chaud se leva de son siège et commença à bouillonner de l'intérieur. Na-Sira ainsi que la mère de Samba se mirent également debout pour l'affronter. Le griot Gouro et deux autres oncles de Samba s'interposèrent entre les trois femmes.

— Ça suffit ! les calma le père Ousmane après s'être levé à son tour de son siège. La famille de Zeïnab a autant sa place que nous ici. Si les parents de celle-ci ne souhaitent pas une intervention de Famoussa, alors il n'y en aura pas. Et ce n'est même plus nécessaire du moment qu'une proposition de sortie de crise nous a été faite par Samba et sa femme. Nous suivrons l'évolution de la situation. La réunion prend donc fin ici. Passez une bonne fin de journée.

Le père Ousmane ainsi que son cadet Hamadi quittèrent le salon et les autres participants en firent autant. Dix jours plus tard, Zeïnab arrivait à Bougoumori chez son père et Dady n'était toujours pas reparu.

# Partie IV
# La calamité du retour à l'ordre

Au milieu des années 1970, Bougoumori était une localité connue par son histoire et celle de ses ressortissants considérés comme de grands chasseurs, de grands agriculteurs, de grands féticheurs et aussi de grands marabouts. Elle était composée d'une trentaine de villages et dirigée par un membre issu d'un conseil des chefs de ces villages. Les activités dominantes étaient la chasse, l'agriculture et l'élevage pour les hommes. Et pour les femmes, elles portaient principalement sur le commerce sur les places de marché et les activités domestiques.

La naissance de Zeïnab coïncida avec cette période de l'histoire de la zone. La sécurité était assurée par des chasseurs en raison de l'absence totale de l'armée républicaine. On les reconnaissait par leur tenue de chasse qu'ils portaient régulièrement et qui comportait de petits miroirs ainsi que des bouts de cuir. Ils passaient beaucoup de temps dans la brousse à la recherche de gibiers. Quelques fois, certaines expéditions s'étalaient sur plusieurs jours lorsqu'il s'agissait de capturer mort ou vivant un type d'animal précis pour monter en grade dans la confrérie. C'était un passage pratiquement obligé. Un chasseur montait en grade par sa connaissance de la brousse, ses liens de parenté, ses exploits, les incantations divines qu'il apprenait au fil du temps et sa capacité à se protéger des différents sortilèges de ses pairs. Au sein de la confrérie, le respect mutuel était toujours observé au risque de subir la colère des plus forts. Les codes de conduite étaient connus et respectés de tous.

Plusieurs fois dans l'année, les chasseurs participaient à des évènements festifs. Ces moments étaient idéaux pour exposer leurs talents et leurs connaissances. C'est aussi lors de ces rencontres que les chanteurs de la confrérie glorifiaient leurs exploits. Les tirs en l'air rythmaient les chants pendant que les éloges et les scènes de miracles se succédaient sur la piste. Certains s'exhibaient avec de gros serpents et d'autres avec des hyènes, des peaux d'animaux qu'ils avaient abattus, des ivoires d'éléphants, etc. Les habitants ne manquaient pour rien au monde ces moments de rencontre et de spectacle. Pour les plus petits, c'était aussi l'occasion de redécouvrir de quoi étaient capables leurs aînés et ce qui les attendait dans les années à venir.

Les chasseurs ainsi que les marabouts et les féticheurs étaient également ceux qui connaissaient suffisamment les vertus des plantes. Ils s'en servaient contre les maladies ou pour se protéger des mauvais sortilèges et des mauvais esprits. Ils entretenaient aussi des relations avec des êtres surnaturels. Très peu de personnes pouvaient voir ces êtres dans la vraie vie ou dans le rêve et ce n'est qu'une fois le génie transformé en une forme d'espèce connue des humains qu'il était possible de le voir sans être atteint de folie.

Dans la brousse, pratiquement chaque famille disposait d'une ou de plusieurs terres où elle cultivait selon ses besoins et ses désirs, du mil, du maïs, du coton, de l'hibiscus, des manguiers, du karité, des orangers, des bananiers, du manioc, etc. De plus, chaque famille possédait des greniers à l'intérieur desquels elle stockait ses réserves de nourriture. Ces greniers se trouvaient très souvent à côté de leur demeure. Ils n'avaient pas de porte, mais seulement une petite fenêtre située en hauteur et par laquelle il fallait entrer pour se servir. Certaines familles disposaient également des enclos pour l'élevage de bovins, d'ovins et de caprins. D'autres possédaient des basses-cours où on trouvait de la volaille ou des lapins.

Les ruelles n'étaient pas étrangères aux chiens abandonnés à leur triste sort. Leurs propriétaires n'étant généralement pas identifiés, ils se nourrissaient des restes de nourriture qu'ils trouvaient et il n'était pas rare de croiser des victimes de leur morsure causant souvent le tétanos ou la rage.

Les chats n'échappaient pas non plus à cet abandon d'autant plus qu'ils étaient associés à des esprits maléfiques. À chaque fois qu'ils se servaient chez les habitants en attaquant leurs volailles, ils recevaient en retour de multiples coups de pierres qui les blessaient ou causaient leur mort.

Les places de marché étaient très animées les samedis. Principalement tenues par des femmes, on y trouvait l'essentiel de ce dont pouvait avoir besoin un villageois. Il s'agissait entre autres, des fruits, des légumes, du lait, du sel, des céréales, de la bonne viande, des bijoux, des bougies, du pétrole pour les lampes à mèche, des piles de radio et du poisson séché vendu par des commerçants venus d'ailleurs pour l'occasion.

À l'annonce de la saison pluvieuse, les familles engageaient toujours des travaux de réparation de la toiture de leurs cases et des fissures sur les murs. Ceci était quasiment indispensable pour être à l'abri des dégâts des pluies et des vents torrentiels.

Mais la vie à Bougoumori n'était plus celle que Zeïnab avait connue à ses plus jeunes âges et elle l'avait remarqué dès les premiers jours de son arrivée. La coupe abusive du bois avait détruit une bonne partie de la flore et beaucoup de jeunes avaient migré dans les grandes villes. Les sols n'étaient plus aussi fertiles ; les greniers étaient pratiquement à sec et les enclos d'animaux se comptaient du bout des doigts. L'empreinte du temps et du changement climatique était bien marquée dans cette partie du monde.

Aucune euphorie dans l'accueil réservé à la jeune dame par ses parents. Les accusations contre elle dans son foyer n'étaient tout simplement pas réjouissantes et avaient précédé son arrivée. Sa situation était sur toutes les lèvres avec des versions plus ou moins dénaturées de l'histoire. Ses géniteurs étaient attristés par ce drame mais avaient tout de même décidé d'apporter leur aide à leur unique fille pour faire triompher la vérité. Zeïnab leur raconta toute l'histoire dans les moindres détails. Seul avait été omis son rapport qu'elle entretenait avec son grand-père dans le monde parallèle des songes.

Le père eut de la peine pour sa fille. Être victime d'un tel complot sans pouvoir prouver son innocence, voilà une bien triste situation. Mais il était serein et affirma que là où il y a de la résilience, il y a plus que de l'espoir. Il y a une volonté de dépasser les difficultés du moment et de prendre en main son destin.

— La cérémonie de couronnement de mon grand frère Badra comme chef de la localité est dans deux semaines, informa-t-il sa fille. Nous sommes tous très occupés par les préparatifs. Après cela, sois-en rassurée, nous mettrons à ta disposition nos maigres moyens pour redorer toute notre dignité. Tu peux déjà prendre cela comme un acquis.

Cette réponse la rassura car elle connaissait suffisamment bien la capacité d'action de son oncle Badra qui avait suivi les pas de Mahamane, le grand devin de Bougoumori. Mais les deux premières nuits avaient été très longues pour la jeune dame. Deux nuits sans son mari et son fils alors que leur visage défilait constamment dans son esprit et la maintenait éveillée. Ils lui manquaient terriblement même si elle avait accepté ce sacrifice pour un avenir meilleur pour son foyer. Certaines connaissances dans le village se rendaient une fois par semaine à Bamako. Elle avait ainsi approché quelques-unes d'entre elles pour lui rapporter régulièrement des nouvelles de son mari et de son enfant.

À la veille des réjouissances, l'actualité à la radio était très inquiétante et les témoignages recueillis auprès des citadins qui venaient d'arriver allaient dans le même sens. Une épidémie avait éclaté dans un pays voisin et plusieurs cas graves avaient été signalés à Bamako et dans plusieurs autres villes d'où devaient venir des participants. Les Bougoumorois décidèrent de maintenir pour autant les festivités et faisaient suffisamment confiance à leurs guérisseurs traditionnels.

L'occasion était belle pour les retrouvailles et la zone semblait se redynamiser. Les différentes arrivées des citadins augmentaient le nombre de voitures dans les ruelles. Ils avaient apporté avec eux du lait en poudre, du sucre, une quantité importante de volailles, d'ovins, des sacs de riz et de mil, des moustiquaires et aussi des lampes à torche. Après tout, ils ne pouvaient pas se permettre de venir à une telle fête et être à la charge des villageois avec toutes les difficultés que ceux-ci vivaient au quotidien.

Le soir venu, les dernières installations étaient en cours de finition. Alors que les ruelles se vidaient, Zeïnab occupa une natte dans la cour de son père. Elle entendait encore des voix de jeunes qui continuaient de travailler sur la place des fêtes. Elle contempla alors la lune et les étoiles et se laissa entraîner par ses nombreux souvenirs d'enfance dans cette localité qui l'a vue naître.

Au petit matin, les chants des coqs servirent de réveil. Après le petit déjeuner, un jeune homme appelait dans la ruelle à rejoindre la place des fêtes qui se remplissait petit à petit. En première ligne, il y avait des chasseurs identifiables par leur habit, leur fusil et souvent des animaux sauvages qu'ils tenaient. Il y avait également des artistes, des hommes de caste ainsi que des instrumentistes avec leurs matériels posés à l'endroit qu'ils envisageaient d'occuper. À l'heure indiquée, ils se mirent à jouer le balafon et au bout de quelques minutes, la place était pleine à craquer.

Badra vint occuper le siège qui lui était réservé sous un hangar. Il était habillé de la façon la plus simple qu'il soit : un ancien boubou blanc fait de percale de coton et une babouche blanche. Après avoir salué les personnes assises sous le même hangar, il fit signe de commencer les défilés traditionnels.

Les chasseurs accompagnés des chanteurs qui glorifiaient leurs exploits occupèrent la scène. Après cette démonstration de leur puissance et de leur savoir-faire, on amena le grand tambour de Bougoumori, un symbole fort de la localité. Cet instrument mystique était embelli de cauris et de petits miroirs ronds, deux types d'objets différents qui permettent de faire voir des choses. Les cauris permettent à des initiés de l'art divinatoire de plonger dans les secrets de l'avenir et les miroirs reflètent le plus fidèlement possible les objets réels qui sont en face.

Ce grand tambour avait aussi trois fonctions majeures. La première était d'annoncer formellement le couronnement du chef des trente villages de la localité. Pour la seconde et la troisième fonction, le tambour mystique jouait tout seul sans la présence d'un seul batteur et c'est à travers le son émis que les sages arrivaient à décoder le message transmis. Il informait ainsi très tôt à l'avance de la mort du chef de la localité en exercice et présageait aussi des calamités telles que la guerre ou la famine. D'ailleurs, il avait annoncé un fléau quelques semaines plus tôt, sans doute concernant l'épidémie qui faisait la une de l'actualité dans le pays.

Un grand silence général s'installa et Badra observa attentivement le batteur du tambour. Toutes les attentions étaient portées sur ce dernier. En sillonnant du regard la foule, le batteur souleva lentement son bras avec le bâton. Lorsqu'il le redescendit, le bâton se cassa au contact du tambour qui n'émit aucun son. C'était la première fois qu'une telle chose survenait. On apporta rapidement un second bâton qui se cassa également au contact du grand tambour.

Badra se leva brusquement de son siège et ordonna de remettre la célébration au lendemain afin de laisser du temps au batteur de faire correctement son travail. Il l'accusa de bâcler le rituel de préparation du tambour. Or, en ne respectant pas ce rituel, le batteur exposait le nouveau chef à des forces mystiques qui le combattraient pendant tout son règne. Quelques heures suffirent pour que celui-ci reconnaisse son tort. Il avoua n'avoir effectivement pas suivi les procédures léguées par son défunt père. Mais il soutint également qu'il ignorait complètement que cela pouvait aller jusqu'à une mort brutale du nouveau chef.

Sacré Badra ! Digne fils héritier de son père Mahamane. Il venait de gagner le respect de tous les habitants de Bougoumori en montrant son degré de préparation pour la place de chef et sa connaissance des pratiques mystiques. Après tout, il était également un grand chasseur.

Le lendemain, la cérémonie se passa sans incident particulier et Badra fut couronné chef de la localité. Durant toute la journée, les participants dansèrent, mangèrent et burent à volonté.

Le village se vida de ses visiteurs et des nombreuses voitures deux jours après le couronnement du chef. La routine quotidienne prit très rapidement le dessus. Zeïnab et son père se rendirent chez Badra pour demander son aide. Ce dernier écouta attentivement le récit de la jeune dame et débuta sa réponse par le sujet qui le préoccupait le plus.

— Les premiers cas de contamination de l'épidémie dans notre localité ont été signalés et deux personnes en sont déjà décédées. Nos médicaments traditionnels sont un échec face à ce virus. Je pensais même que vous étiez venus me voir pour avoir un médicament contre cela. Mais je dois avouer que votre préoccupation est tout aussi importante que l'est le remède de cette épidémie.

Il marqua un court silence, se racla la gorge et prit une poudre spéciale faite de colas qu'il mit dans sa bouche, la tête penchée en arrière. Comme s'il avait pris une drogue, il baissa rapidement la tête et ferma ses yeux. Zeïnab et son père l'observaient.

— Ainsi donc, plusieurs personnes auraient conspiré contre toi, adressa-t-il à la jeune dame.

— Oui.

— L'insolence du garçon qui a porté la main sur toi mérite qu'on s'occupe de lui en premier car il a beaucoup de choses à nous dire. Après cela, nous aviserons du reste.

Zeïnab et son père se retirèrent après avoir obtenu son accord de les aider.

— Je pensais qu'il allait faire usage des cauris ou de la géomancie pour nous faire des révélations, adressa-t-elle à son père.

— Nous sommes à Bougoumori, ma fille. Nous préférons souvent l'action à la divination de sorte à ne laisser planer aucun doute.

— Et penses-tu que mon cas est une priorité pour lui avec tout ce qui arrive en ce moment ?

— Étant donné le lien sang qui nous unit, tu es également sa fille avant tout. De plus, le viol est un sujet très sensible pour les Bougoumorois qui le condamnent toujours avec fermeté. Sois seulement patiente, le temps sera le meilleur juge.

Elle lisait une certaine satisfaction sur le visage de son père comme s'il connaissait à l'avance la suite des évènements. Une villageoise qui revenait de Bamako croisa leur chemin. Celle-ci la rassura avec les nouvelles de son mari et de son fils. Ils se portaient très bien.

— Dieu soit loué, prononça-t-elle avec un sentiment de réconfort…

Quelques jours passèrent sans marquer de pause et suffirent au virus à se propager largement dans la localité à cause de la promiscuité sociale très forte. La transmission était interhumaine et la contamination s'opérait par les fluides corporels[23]. Les premiers symptômes, identiques à ceux de la grippe saisonnière, laissaient place au bout d'une semaine à une diarrhée profuse, des éruptions cutanées et une hémorragie conjonctivale. Le virus était si virulent que la mort s'invitait généralement chez les malades au bout de deux semaines. Très peu de personnes en avaient survécu avec des complications sévères, des douleurs

---

[23] Les fluides corporels regroupent la salive, la sueur, les déjections, les urines et les fluides sexuels.

ophtalmiques avec une perte de vision, des complications rénales ou encore des douleurs séquellaires rhumatismales.

La maladie faisait des ravages à Bougoumori. Il ne restait pratiquement plus de place dans le petit cimetière et la cote de popularité du nouveau chef Badra avait drastiquement chuté. Le début de son règne coïncidait avec l'un des pires fléaux dans l'histoire de la localité et trop de familles avaient pleuré la perte de leurs parents. Badra était désormais surnommé le « chef maudit » par une grande majorité des villageois et le conseil des chefs fut saisi pour remédier rapidement à cette calamité ou mettre un terme au règne du chef.

La tension était à son comble et le nombre de décès augmentait de façon exponentielle. Plusieurs chasseurs ainsi que deux chefs de village avaient succombé à la maladie. Les défunts chefs furent rapidement remplacés par leur fils aîné. Les guérisseurs, dont faisaient partie Badra qui s'accrochait tant bien que mal à son statut de chef des chefs, cherchaient bec et ongles un remède au fléau.

Depuis deux jours, Zeïnab remuait ciel et terre pour rencontrer son oncle. Celui-ci avait carrément déménagé dans la brousse avec les autres guérisseurs dans un lieu interdit aux femmes. Pourtant, elle avait un message d'une importance capitale pour lui. Un message qui sauverait sa tête contre une destitution et qui donnerait une nouvelle vie à Bougoumori. Elle s'impatientait et faisait des aller-retour entre le domicile de son père et celui de son oncle. En début d'après-midi, alors qu'elle échangeait avec sa mère sur le fléau qui les frappait, elle entendit des cris de gamins comme s'ils avaient attrapé un voleur. Sa curiosité l'obligea à jeter un coup d'œil rapide par-dessus les petits murs de la cour. Elle vit un homme défiguré et ensanglanté, portant des habits déchirés et dont le corps avait de multiples blessures. Celui-ci avançait les pieds nus au milieu d'une foule de gamins qui le malmenaient à coup de pierres et de fouets. Il avait le bras droit entièrement recouvert d'abeilles et tendu devant lui. Titubant, il tombait quelquefois puis se relevait pour continuer sa marche lorsque les abeilles lui infligeaient plus de douleur qu'il extériorisait par des cris. Les gamins l'accusaient de vol mais Zeïnab l'avait reconnu. Il s'agissait d'un homme dont l'expiation pour une faute commise avait commencé et de façon très particulière.

— Innalillah[24], prononça-t-elle avec plein d'empathie en se tournant vers sa mère. Dady s'est présenté de lui-même. Il aurait certainement voulu mourir du virus actuel que vivre ce qui lui arrive présentement.

---

[24] Nous appartenons à Allah.

Sous l'arbre à palabre du village, une grande foule s'était réunie pour le jugement d'un homme qui foulait le sol de Bougoumori pour la première fois. La curiosité minait les esprits et les faisait oublier qu'un virus mortel circulait. Certains donnaient leurs avis sur le type de péché qu'il aurait pu commettre et d'autres s'impatientaient de l'arrivée des juges à qui des messagers avaient été adressés dans l'urgence. Dady était là, debout et souffrant de ses douleurs physiques et psychiques. Sans même être entendu, il avait déjà subi un traumatisme si violent que s'il tenait à adoucir sa douleur, il ne pouvait désister à une collaboration avec les juges et dire toute la vérité.

Après plusieurs dizaines de minutes, les juges étaient au complet et Badra présidait la séance. Il se leva du grand tara qu'il partageait comme siège avec les autres collègues, demanda à la foule d'observer un silence et résuma les faits auxquels Dady s'était rendu coupable.

— Ce jeune homme qui se tient devant nous cet après-midi est accusé d'avoir porté la main sur une jeune épouse en tentant de la violer et par cet acte contribuer à détruire son foyer. Si par la force de la nature, ces abeilles qui n'agissent que sur la vérité et pour la vérité l'ont pris par le bras et l'ont conduit jusqu'ici pour qu'il soit entendu, cela signifie que sa culpabilité ne fait aucun doute. La douleur qu'il ressent présentement est à la hauteur de celle qu'il a infligée à sa victime en abusant d'elle, en salissant sa dignité et son honneur et en la séparant de son mari et de son enfant. An-Nafsa…

— Bin-Nafsi[25], compléta la foule avec une grande ferveur.

Badra marqua un silence pour savourer l'enthousiasme des Bougoumorois sur un sujet aussi sensible pour eux. Son regard avait durci avec les derniers évènements et ne laissait filtrer aucune pitié pour Dady.

— Il doit confesser, déclara-t-il. Et il doit aussi nous permettre de rendre justice à sa victime. Ceci est une chance que nous lui offrons. Vu son état, nous lui permettons de se rafraîchir un minimum avec de l'eau et après cela, il répondra à nos questions.

Le chef des chefs chargea un gus de tendre une gourde à la bouche de l'accusé et de lui verser un peu d'eau sur la tête. Entre temps, il se tourna vers ses confrères pour une consultation. Une dizaine de minutes plus tard, la séance reprenait.

— Que Zeïnab aussi comparaisse là, à côté du présumé coupable, ordonna le chef.

La jeune dame marcha lentement jusqu'à l'endroit indiqué par son oncle.

— Maintiens-tu jeune femme tes accusations contre ce jeune homme ?

— Oui, je les maintiens. J'ai raconté exactement ce que cet homme m'a fait subir sans oublier le moindre détail et n'ai rajouté plus tard qu'une analyse d'un possible complot.

— Jeune femme, avais-tu causé un préjudice quelconque à ce jeune homme dans un passé récent ?

— Absolument aucun à ce que je m'en souvienne.

— Et toi jeune homme, t'es-tu rendu chez cette femme pour la violer ?

---

[25] An-Nafsa Bin-Nafsi est une expression qui signifie œil pour œil, dent pour dent.

Dady avoua entièrement son crime.

— Oui, je me suis effectivement rendu chez elle avec cette intention. Oui, j'ai essayé de la violer mais je n'ai pas pu aller au bout de l'acte. J'en ai été empêché par l'arrivée de deux visiteurs à son domicile.

Plusieurs abeilles libérèrent une partie du bras de Dady et s'envolèrent au-dessus de la foule qui était dans l'émerveillement. Un soudain soulagement gagna Zeïnab qui venait d'être blanchie.

— Il dit vrai, confirma Badra alors que Dady recevait des insultes de la foule. Et aussi longtemps qu'il dira la vérité ici, il se débarrassera par lui-même de ces insectes.

Badra pria la foule de garder le silence pour poursuivre l'interrogatoire.

— Pourquoi jeune-homme as-tu entrepris un tel acte de cruauté et de déshonneur contre cette femme mariée qui ne t'a pourtant rien fait ?

— Le commanditaire de mon acte est un marabout du nom de Famoussa.

Des grommellements se firent entendre dans la foule mais Dady continua son récit.

— Je suis parti voir ce marabout pour m'aider à trouver une solution à un sérieux problème financier que je rencontrais. J'étais entre les tribunaux et allais à coup sûr finir en prison. Tous mes biens avaient été saisis à cause de cette affaire et j'étais devenu un « sans domicile fixe ». Famoussa m'a alors vivement recommandé d'aller en aventure et qu'il pouvait me donner une somme signifiante d'argent pour cela si j'acceptais de lui rendre un service en retour.

Les juges et le public écoutaient Dady avec intérêt et dans le plus grand silence.

— Il m'a alors parlé de Zeïnab que je connaissais bien déjà dans le quartier. Il m'a précisé un jour et une heure pour commettre le viol car d'après ses sources, elle serait seule chez elle ou avec son enfant et son mari serait au boulot. Considère l'affaire comme conclue, lui dis-je pour avoir cette rétribution et pouvoir sauver ma peau en quittant ce pays.

Dady reprit son souffle puis continua son récit.

— C'est ainsi que je me suis rendu chez elle pour accomplir ma mission. Mais comme je l'ai déjà dit, deux visiteurs sont arrivés au moment où j'essayais de la maîtriser par la force. Je me suis alors échappé comme un voleur. J'ai pris ma rétribution avec Famoussa dans l'heure qui a suivi et j'ai pris la direction du prochain pays qui devait me conduire en Europe. C'est comme ça que les choses se sont passées et c'est sur cette route que les abeilles m'ont attaqué et m'ont conduit ici.

Les abeilles libérèrent totalement son bras qui tomba comme s'il n'avait pas d'os.

— Y avait-il une autre personne impliquée dans tout cela ? lui demanda Zeïnab alors que Dady grattait sa main pratiquement morte. La marâtre de mon mari par exemple.

— Non, dit-il.

— Je confirme qu'il n'en sait pas plus, dit Badra avant de consulter à nouveau les autres juges.

Comme si la vérité avait fait souffler un vent glacial sur la foule, elle était beaucoup plus calme. Badra se retourna alors vers Zeïnab et la foule pour décider de la sentence.

— Il a avoué son crime. Et comme vous le savez déjà, An-Nafsa, Bin-Nafsi. Nous pouvons le rendre fou et il passera sa vie à expier ce crime. Nous pouvons aussi le rendre impuissant sexuellement pour qu'à jamais il n'ait plus d'enfants et n'ait pas à faire subir cela à une autre femme. Mais tu peux aussi lui pardonner Zeïnab vu qu'il a déjà subi une première correction à la hauteur de ta douleur. Laquelle de ces trois propositions souhaites-tu voir appliquer ?

Zeïnab regarda longuement Dady avec compassion. Elle entendait dans la foule des voix l'invitant à choisir l'impuissance sexuelle pour lui. Elle entendait aussi des voix prônant la folie ou encore le pardon. Alors elle se retourna vers son père et sa mère avec des larmes aux yeux, puis trancha.

— Je pardonne ce qu'il m'a fait et l'épargne de tout autre châtiment.

— C'est très courageux et très généreux de ta part jeune femme, reconnut le chef. Qu'il en soit donc ainsi.

Badra chargea deux gaillards d'enfermer Dady et de s'occuper de lui comme il se doit jusqu'à ce qu'il guérisse complètement. Après cela, il pourra reprendre la route et aller où il le souhaite.

La foule se dispersa et chacun vagua à ses occupations. Zeïnab s'isola rapidement avec son oncle et lui confia le message que son feu grand-père Mahamane l'avait chargée de lui transmettre.

— Ainsi donc, tu as échangé avec mon père dans un rêve, lui retourna Badra.

— Oui.

— Il était un magnanime exceptionnel. Et seul un autre magnanime exceptionnel peut discuter avec lui dans les rêves. Cela me confirme ta vraie nature jeune femme.

Elle sourit sans placer un mot.

— Nous avions déjà essayé la décoction de plantes qu'il a mentionnée et cela n'avait pas marché sur le virus, affirma Badra. Mais je sais à présent la cause de cet échec. Nous n'avions pas la bonne incantation qui devait accompagner la décoction et Dieu seul sait que la plupart de nos remèdes reposent essentiellement sur cela. Tu viens de nous sauver jeune femme ; tu viens de nous fournir l'arme qui tuera ce virus.

Elle sourit de nouveau et changea rapidement de sujet.

— Le marabout Famoussa subira-t-il le même sort que Dady ?

— Pour l'instant ma fille, je dois sauver des vies. Pour le cas de ce marabout, nous aviserons le moment venu et cela ne risque plus de tarder.

Une longue file se forma sur la place des fêtes pour recevoir la potion magique qui viendrait à bout de l'épidémie. Badra, habillé en boubou blanc, était assis à côté des autres sages, à quelques pas d'un groupe de femmes qui préparaient la décoction. Pour cela, elles mettaient les feuilles d'une plante bien particulière que les jeunes avaient apportées en quantité dans des marmites faites de terre cuite. Elles y ajoutaient de l'eau froide et amenaient le tout à ébullition pendant plusieurs dizaines de minutes. Après cette étape, elles laissaient le tout refroidir puis tamisaient la préparation avant de la déposer devant Badra. Ce dernier susurrait dessus la seule incantation qui la rendait magique et dont il était le seul à connaître le mystère à l'exception de Zeïnab. C'est après tout cela qu'il autorisait les autres sages à servir un petit bol de la potion à chaque personne qui faisait la queue.

Badra était stricte sur la procédure à suivre. Les plantes dont les feuilles étaient utilisées pour le remède n'abondaient pas dans la localité. Il fallait donc servir en premier lieu les Bougoumorois et empêcher toute personne d'en emporter chez elle sauf pour les cas d'exception connus et vérifiés. La priorité était donnée aux malades sur les non-malades et aux plus vieux sur les plus jeunes. La nouvelle fit rapidement le tour du pays comme un éclair et le flux de personnes devint pratiquement ingérable avec des arrivées journalières en grand nombre dans la localité.

Les étrangers étaient facilement reconnaissables par leur teint, leur tenue, leur accent ou encore leur attitude. Une file avait été créée spécialement pour eux afin qu'ils patientent. Néanmoins, une révolte éclata lorsque des étrangers malades constatèrent que des Bougoumorois en bonne santé recevaient le remède avant eux. Les sages mirent des heures à calmer la foule et changèrent finalement les règles. Les malades, toutes origines confondues, avaient désormais la priorité et les plus âgés devançaient les plus jeunes. Plusieurs émissaires devaient également parcourir le pays pour trouver les plantes indiquées et rapporter leurs feuilles. Malgré les pressions sur Badra pour dévoiler l'incantation et permettre une meilleure prise en charge des malades, il refusa catégoriquement, conscient de tout le bénéfice que pouvait tirer la localité avec une grande affluence d'étrangers.

Des hangars et des tentes furent rapidement installés pour accueillir du monde. De multiples activités qui vont du commerce journalier de produits qui n'étaient vendus que les samedis sur les places de marché à des services de transport, d'hébergement, de nettoyage, de cuisine, etc. virent le jour. Zeïnab adressa un message à son mari pour la rejoindre rapidement avec son enfant et disposer du remède miracle. Elle en avait également adressé à ses beaux-parents, à la famille de sa tante Na-Sira ainsi qu'à celle du griot Gouro.

La famille de Gouro arriva trois jours après l'envoi du message. Elle fut immédiatement conduite par Zeïnab dans la cour de son père pour disposer de la potion magique. Après les longues salutations à la malienne au cours desquelles on prend des nouvelles de chaque connaissance et après avoir bu de l'eau, Gouro mentionna la contrainte de temps qu'il avait.

— Nous reprenons le chemin du retour après le crépuscule, affirma-t-il. Une importante affaire m'attend dans la capitale demain dans l'après-midi. J'ose espérer que d'ici là, chacun de nous aura reçu sa potion ?

— Bien sûr, répondit Zeïnab. Je me charge personnellement d'aller vous en chercher auprès de mon oncle.

— Mais avant cela, peux-tu m'accompagner pour faire un tour ? J'ai quelque chose d'important à te confier.

La jeune femme acquiesça de la tête et les deux êtres errèrent dans les ruelles du village.

— Après ton départ de Bamako, ton mari est passé me voir le jour suivant. Il désirait connaître ce que j'avais dit exactement à son père et à son oncle Hamadi pour qu'ils adhèrent à son projet de mariage. Je lui ai révélé le secret. C'est maintenant à ton tour d'être dans la confidence.

Toute l'attention de la jeune dame était portée sur le vieux griot.

— Il y a de cela très longtemps, j'ai croisé la route de ton grand-père Mahamane ici dans ce village, à un moment où ma mère souffrait d'une grave maladie et l'espoir de la soigner s'était envolé. Ton grand-père était le chef de cette localité et un très grand chasseur. Il connaissait les vertus des plantes et soignait les personnes malades qui venaient le consulter. Ces dernières étaient souvent victimes de sortilèges puissants que seule la médecine traditionnelle peut soigner. Pour cela, il disposait d'une jarre en terre cuite assez spéciale et mystérieuse qu'il remplissait régulièrement avec une décoction de plantes médicinales et sur laquelle il récitait des incantations. Les malades qui obtenaient un bol du liquide de cette jarre et qui le buvaient guérissaient en quelques jours. Il ne l'offrait tout de même pas gratuitement car il fallait d'abord prendre un engagement avant d'en obtenir. Certains promettaient des vaches, d'autres de l'argent ou encore plusieurs sacs de riz. Cela dépendait de tout un chacun et il ne forçait personne à prendre des engagements qu'il ne pouvait tenir. Une fois le malade rétabli, les promesses devaient être tenues car en oubliant ou en refusant de les honorer, des forces mystiques infligeaient une punition.

Gouro se racla la gorge avant de poursuivre.

— Mahamane était aussi un très grand devin. Il soigna ma mère et me confia une mission à la place de l'engagement à prendre. Il me fit comprendre qu'un de ses descendants viendrait m'offrir trois colas un jour en son nom et qu'il me fallait lui remettre en retour le bracelet que tu portes présentement. Il m'a aussi dit que si ce descendant était un garçon, alors sa mère était forcément une magnanime exceptionnelle et ce garçon sera un jour « *Massakè*[26] » de ce pays. Mais si ce descendant était une dame, alors c'est elle la magnanime exceptionnelle et son premier fils sera un jour le chef suprême. Le règne de ce *Massakè*, magnanime exceptionnel également, sera raconté par les griots et les historiens pendant plusieurs siècles. L'histoire retiendra également la vie de sa tendre mère comme ce fut le cas avec le roi Soundiata et sa mère Sogolon Diata.

Le vieux griot marqua une pause avant de continuer.

— Ton destin et celui de ton premier fils sont donc très liés Zeïnab. D'après ton grand-père, son règne sur ce pays impulsera un profond changement pour sa génération et celles d'après. Les réalités des Maliens changeront. Les nécessiteux seront secourus en masse et plusieurs d'entre eux deviendront des sources d'espoir. Le mot développement aura enfin un sens dans ce pays. De pauvres gens dont personne n'accordait du crédit seront au

[26] Massakè signifie ici chef suprême.

centre des intérêts. Ils produiront du travail, de l'emploi et de la richesse. Des villages ravagés par la famine renaîtront. Les chants des coqs leur serviront de réveil à l'aube et l'eau saine sera disponible partout. L'extrême pauvreté sera oubliée. La corruption sera fermement combattue et l'espoir se maintiendra. Les services sociaux de base seront fièrement assurés et le cœur des Maliens ainsi que leur esprit feront un avec leur pays. Comme un dieu tout puissant, ils travailleront, innoveront et pousseront des montagnes.

Les yeux de la jeune dame brillèrent en écoutant le griot faire l'éloge du destin de son fils.

— Qui n'aimera pas avoir une telle dame pour belle-fille et un tel fils pour petit-enfant ? C'est cela que j'ai fait comprendre à ton beau-père et à son cadet Hamadi. Ton fils Ousmane gravera à jamais le nom de sa famille dans les annales du Mali. Il la propulsera au rang des familles les plus puissantes de ce pays. Tu sais tout à présent, nous pouvons donc rentrer pour que le remède soit prêt à temps.

Elle remercia Gouro pour tout ce qu'il a fait pour elle et sa famille. Elle lui parla également de Dady et l'amena devant le grenier où se trouvait celui-ci. Sur la route, elle prit le temps de lui expliquer le miracle qui avait conduit ce petit bandit à eux et de l'implication du marabout Famoussa dans l'histoire.

— Il est vrai que je n'avais pas d'arguments pour te défendre face à Trop-Chaud. Mais au fond de moi, je croyais à ce que tu disais. Dieu soit loué, la lumière est maintenant faite sur cette affaire.

Les deux êtres retournèrent à la maison et Zeïnab leur apporta le remède. Comme convenu, Gouro et sa famille reprirent le chemin du retour après le crépuscule.

Du lever au coucher du soleil, la place des fêtes était animée et la distribution du remède n'était point interrompue pendant ces heures. L'expérience acquise dans la matière depuis plusieurs jours avait poussé les sages à reconsidérer leurs procédures. Désormais, des hangars étaient systématiquement mis à la disposition des autorités et des leaders qui avaient une grande renommée. Il suffisait qu'ils se présentent aux sages à leur arrivée et un gus était chargé de leur trouver une place d'où ils recevront directement un bol du remède pour eux et pour chacun de leurs compagnons.

Le marabout Famoussa débarqua à Bougoumori avec sa famille et ses disciples. Badra l'avait reconnu lors de sa présentation aux sages. La nature même conspirait à la résolution définitive du calvaire de sa nièce, pensa-t-il car plutôt dans la matinée, la famille de Samba avait également été accueillie en grand nombre par Zeïnab chez son père. On trouva un hangar pour Famoussa et ses compagnons pour qu'ils s'installent et on leur apporta de l'eau pour se rafraîchir.

Sans perdre une seconde, Badra envoya un messager à son cadet. Ce dernier se présenta à lui accompagné de sa fille, de Samba, du père Ousmane et de ses deux épouses ainsi que Hamadi l'oncle de Samba et ses deux épouses. Les autres étaient restés à la maison à attendre leur retour.

Le cœur de Trop-Chaud battit la chamade lorsqu'elle aperçut d'un côté le marabout Famoussa bien entouré par ses disciples sous un hangar et de l'autre côté l'agresseur de Zeïnab qui arrivait avec deux grands gaillards. Elle regretta sur le champ l'instant où elle avait accepté de venir dans ce village alors que son cœur lui en déconseillait. Mais son mari l'avait rassurée qu'ils n'y passeraient pas la nuit et voilà qu'elle se retrouvait prise au piège. Ce maudit griot qu'est Gouro n'avait également pas mentionné que Dady avait été retrouvé par les Bougomorois. Il a certainement fait exprès de ne pas en parler pour que cela ne soit pas un motif de rétractation de ma part, pensa-t-elle.

Badra avait consulté les autres sages sur la manière de régler dans la discrétion le calvaire de sa nièce. Il se leva alors du grand tara et demanda au petit groupe qui venait d'arriver de le suivre. Ils récupérèrent Famoussa sous son hangar. Celui-ci croyait rêver. Comment Dady s'était-il retrouvé entre les mains des Bougoumorois ? Il pensa un instant à refuser de se joindre à eux et se sauver de ce village. Mais cela l'aurait certainement conduit à se ridiculiser devant sa famille et le public. Alors, il choisit de les suivre tout bonnement sans poser de question, la tête baissée.

Badra les conduisit chez lui et les invita à occuper des sièges dans sa cour.

— Si je vous ai réunis tous ici, c'est pour régler dans la plus grande discrétion l'affaire d'adultère dont Zeïnab a été victime. Dady a reçu son châtiment et a été pardonné par sa principale victime. Il nous a révélé que le commanditaire de son acte était bien toi Famoussa.

— Quoi ? sursauta la mère de Samba. Comment as-tu osé faire cela ? hurla-t-elle sur Famoussa.

— Contenez vos émotions madame, la tempera Badra. Cette occasion est une aubaine pour connaître toute la vérité sur cette affaire et cela ne risque pas de se présenter deux fois. Laissez-moi donc gérer les choses. Aucune zone d'ombre ne sera laissée.

La mère de Samba se rassit et Trop-Chaud, dépassée par ce qui se passait, commença à verser des larmes tandis que les autres écoutaient avec un calme olympien.

— Comment un marabout avec une telle renommée peut-il en arriver à commanditer un viol ? adressa Badra à Famoussa.

Celui-ci prit un temps avant de répondre. Il transpirait à grosses goûtes. Les lèvres de Badra bougeaient subtilement comme s'il récitait une incantation pour ensorceler Famoussa. Ce dernier finit par révéler toute la vérité sans filtre.

— C'est ma plus grande cliente Trop-Chaud qui désirait à tout prix que le mariage de Zeïnab soit un échec, avoua-t-il. Comme je n'arrivais pas à l'atteindre par la magie noire, alors j'ai chargé Dady de la violer. Puis j'ai fait croire à Trop-Chaud que notre cible trompait déjà son mari avec un autre garçon et qu'elle pouvait avoir cette preuve en se rendant chez elle à une date et une heure précise.

— Je m'en doutais que tout cela était l'œuvre de cette sorcière, proféra la mère de Samba contre sa coépouse qui pleurait à chaudes larmes. Et toi Famoussa, le médicament que tu m'as donné pour mettre dans le plat de mon fils était donc une potion maléfique ?

— Oui, j'ai profité de la visite que tu m'as rendue pour te remettre une potion maléfique afin que Samba se mette à haïr sa femme et à demander le divorce. De cette manière, si l'acte posé par Dady n'avait pas eu l'effet escompté, l'envoûtement de Samba aurait marché à coup sûr.

— Tu es un monstre, un criminel, un Satan, vocifera la mère de Samba.

— Un peu de retenu madame, lui dit Badra. Peux-tu libérer maintenant Samba de ton emprise, adressa-t-il à Famoussa.

— Bien sûr.

Famoussa s'approcha du jeune peul et chuchota dans son oreille une formule magique. Samba revint à lui-même quelques secondes plus tard, choqué par ce qu'il avait fait endurer à sa femme.

— As-tu quelque chose à rajouter à ce qui a été dit pour ta défense Trop-Chaud ? l'interpella Badra.

— Non, fit-elle de la tête en sanglotant.

— Et toi, Zeïnab, as-tu quelque chose à rajouter ?

— Non, seule mon innocence comptait pour moi dans cette affaire et je viens d'être totalement blanchie.

— Et vous les autres, avez-vous quelque chose à rajouter ?

Samba et sa mère étaient si remontés qu'ils demandèrent qu'on punisse Famoussa et Trop-Chaud. Dady aussi ressentait de la haine contre les deux et demanda qu'ils soient châtiés.

— Je pense que l'humiliation qu'ils subissent actuellement est pire que tout autre châtiment qu'on pourrait leur infliger, dit Zeïnab. N'oublions pas qu'ils sont avant tout des humains. Tout comme la bonté, la méchanceté est indissociable de la nature de l'humain. Celui-ci n'est plus ni moins qu'un éternel égoïste qui est prêt à entraîner son prochain dans des difficultés lorsqu'il pense en tirer profit. Maintenant que leur vraie nature est connue de tous, nous devons les laisser vivre avec cette humiliation. Et peut-être qu'un jour, ils changeront dans le bon sens du terme et se rachèteront pour tout ce qu'ils ont pu commettre de mauvais.

— Je suis d'accord avec cette analyse de Zeïnab, appuya Hamadi, l'oncle de Samba. Laissons à Dieu le soin de les récompenser par ce qui serait le plus juste pour eux.

Les deux femmes de Hamadi approuvèrent également cette résolution. Le père Ousmane était sans voix, dépassé par la méchanceté qui minait le cœur de sa seconde femme. Sans doute, avait-il contribué involontairement à engendrer cette rage qui l'avait dénaturée ? se demandait-il.

— J'ai tout de même une dernière question pour toi Famoussa, reprit Badra. Au-delà de l'argent qu'on t'a donné pour commettre ce crime, avais-tu des ressentiments contre Zeïnab ?

— Oui. J'avais réalisé qu'en la dédiant à ma cause, elle m'aurait permis de percer le mystère de la lumière divine qui illumine la cabane des magnanimes exceptionnels. Elle porte aussi dans ses gènes et dans sa descendance, les bâtisseurs d'un avenir radieux pour le Mali. Mais la nature n'a pas été clémente avec moi sur ce projet et Samba l'a épousée entre-temps. Je vis encore avec ce remords.

Samba regarda longuement sa femme avec des papillons dans les yeux et ne put résister à lui faire des éloges devant tout le monde.

« *Ô, mon amour, ma douce moitié, le destin t'a mise de nouveau sur ma route.*

*Contre vents et marées, je me suis battu pour t'avoir et j'y suis parvenu malgré les aléas.*

*Mon cœur, de nouveau soulagé et apaisé par ce choix, est aujourd'hui aux anges.*

*Je souhaite, au plus profond de mon être, que notre union s'éternise pour la vie.*

*Dans mes prières, j'avais demandé à Dieu de me donner une bonne femme et il a fait de toi mon épouse.*

*Je lui avais demandé de me donner de très beaux enfants et il m'a dit de me débrouiller avec toi.*

*Je lui ai demandé la paix du cœur et de l'esprit et il m'a dit de m'entendre avec toi.*

*J'ai alors compris que ma vie était entièrement liée à la tienne avant que ce satané marabout ne me jette un mauvais sortilège.*

*Partout où tu seras désormais, je serai avec toi.*

*Je t'accompagnerai là où la vie t'amènerait.*

*Je te soutiendrai dans toutes tes réalisations.*

*Je te défendrai contre vents et marées car c'est Dieu qui t'a mise sur ma route.*

*Et de cela, je suis totalement sûr.* »

En larmes, Zeïnab s'agrippa au cou de son mari et lui chuchota à l'oreille :

— J'ai accepté de me marier avec toi, en toute connaissance de cause, sans aucune contrainte et avec le plus grand plaisir du monde. Ce plaisir est encore intact car j'ai refusé de l'associer aux autres émotions de notre vie de couple. L'instant était magnifique à cette époque et il est resté ainsi dans mes souvenirs. Même si on avait divorcé, je ne l'aurai pas regretté car mon choix était entièrement assumé. Mais dieu faisant bien les choses, c'était le meilleur choix que je pouvais faire. Je t'aime également mon mari.

— Tu rentreras donc avec nous ce soir ?

Elle prit un instant de réflexion avant de répondre.

— Je pense que je resterai encore un moment ici pour aider mes parents à venir à bout de ce virus qui fait tant de mal. Vu qu'on était convenu sur six mois auprès de mes parents, restons sur ce délai.

— Qu'il en soit donc ainsi…

À la veille de son départ pour Bamako, Zeïnab fit un tour sur la tombe de son grand-père paternel. Le virus avait été maîtrisé et son mari impatientait pour son retour.

Elle tomba sur une vieille femme assez spéciale au dos légèrement courbé par le poids de l'âge.

— Bonjour ! la salua-t-elle.

— Bonjour jeune femme. Cela faisait si longtemps que j'attendais ce moment précis pour te rencontrer enfin.

— Même si je ne pense pas vous connaître, j'ignorais tout de même que vous m'attendiez ici.

— Et pourtant, nous nous sommes déjà rencontrées à plusieurs reprises.

Zeïnab ouvrit grandement les yeux et remarqua les détails de sa tenue.

— Vous êtes celle qui m'a donné la poudre de vision dans la cabane des magnanimes exceptionnels.

— Exactement. Et depuis ton plus jeune âge, je t'ai observée et je suis venue à toi à plusieurs reprises sans que tu ne t'en rendes compte. Je sais désormais que tu as compris que les plus grandes âmes n'ont pas forcément les parcours de vie les plus plaisants et que ce sont les gens qu'on estime les moins capables qui font souvent des choses que personne d'autre n'aurait réussi à faire. Tiens ta poudre de vision. Tu la mérites amplement.

— Merci, lui dit-elle les yeux fixés sur le sachet qu'elle venait de recevoir. Mais qui es-tu réellement ?

— Ô ! Je suis en même temps la gardienne des joyaux de Bougoumori et le destin de ses plus grands ressortissants. J'apparais dans les moments décisifs de leur vie pour stimuler leur instinct et leur conscience afin de leur montrer les meilleurs choix parmi une multitude de possibilités. L'ambition et la résilience sont les carburants de l'instinct et de la conscience d'une grande âme. Je suis celle vers qui chaque grand ressortissant de cette localité tendra après être passé par une multitude d'expériences de la vie. Et quand ils accomplissent ce que j'attends d'eux, nous faisons un dernier bilan ensemble avant de les laisser rejoindre leur dernière demeure comme là où se trouve ton grand-père actuellement. Nous nous reparlerons de nouveau, jeune femme. Mais cela se fera uniquement par le canal de ton instinct et de ta conscience. Va accomplir ce que j'attends de toi bonne femme et profite de chaque seconde que cette vie te donne pour la marquer de tes empreintes. Ta famille en a besoin, ton entourage en a besoin et ton peuple aussi en a besoin. Quant à moi, je serai toujours là avec toi. Appelle-moi et je serais là pour te conseiller.

— Est-ce que cette poudre dans ma main veut dire que je serai aussi forte que l'était mon grand-père ?

— Ô, ma fille ! Toujours curieuse et pressée de connaître l'avenir. Regarde dans mes paumes et dis-moi ce que tu vois.

Elle avança sa tête par-dessus les mains tendues de la vieille femme.

— Je me vois à côté des cultivateurs en train de réaliser de très belles récoltes. Je vois aussi que Bougoumori est redevenue comme avant. Les enfants prennent de la bonne bouillie de mil dans une grande calebasse ; il y a des animaux domestiques partout dans les enclos et les places de marché sont redevenues aussi dynamiques qu'auparavant. Je me vois également assise en tête à tête avec un homme qui ressemble fortement à mon fils et qui a un portrait accroché au mur et sur lequel il est marqué qu'il est le président de la République. Je me vois encore avec lui en train de sourire à la démolition de certaines maisons.

Elle releva subitement son regard, confuse par cela.

— Je ne comprends pas ! Comment peut-on être content de la démolition des biens d'autrui ? Je ne comprends vraiment pas.

— Je pense que tu en as assez vu pour l'instant. Les visions sont utiles aux grandes âmes pour façonner l'avenir alors qu'aux petites âmes, elles servent juste à se faire une idée de ce que l'avenir sera. Tu aideras dans le futur plusieurs agricultures et éleveurs. C'est pourquoi ils sont contents et cela redynamisera l'économie de Bougoumori comme c'était le cas au temps de ton grand-père. Pour ce qui concerne la démolition de biens immobiliers, tu en sauras davantage sur les vraies raisons avec le temps. Et puis, sache que la capacité réelle de cette poudre te sera montrée dans tes visions futures. Sois-en rassurée, tu ne mèneras pas la vie de ton grand-père car il était avant tout un grand chasseur. Et puis les époques ont changé. De nos jours, pour vivre heureux, il faut vivre cacher. Sache t'en souvenir.

— Merci.

— Un dernier point, insista la vieille dame. Pour que certaines ambitions se concrétisent, il faut souvent beaucoup de sacrifices. Les tiens ont consisté d'abord à te priver des relations amoureuses que tu jugeais néfastes pour toi pour trouver un bon mari. Ils ont ensuite porté sur ton dévouement à faire en sorte que la stabilité et le confort de ton foyer ne partent en vrille malgré ce que tu subissais de la part de ta belle famille et du brouhaha qui y planait. Tu avais l'intime conviction que c'est de là que jaillirait ton bonheur et tu as eu raison d'aller le chercher à cet endroit. Dieu faisant bien les choses, tout cela t'a permis aujourd'hui d'avoir une capacité d'action hors norme. Le mérite te revient amplement ainsi qu'à ton mari sans qui, rien de tout cela n'aurait été possible. Quand les bons principes de vie en commun sont pleinement appliqués, les êtres humains se complètent et leurs relations font leur bonheur. Tu peux être fière de ton mari. Allez, va accomplir ton destin…

# Épilogue

Les années passaient à la même vitesse que coulait l'eau du fleuve Niger. Assise sur son lit, l'album photo de la famille dans la main, les larmes d'émotions coulaient sur les joues de la femme de Samba. Le temps avait fait son effet sur son corps, son esprit et les relations qui la liaient aux autres. Les géniteurs de son mari, le griot Gouro ainsi que l'oncle Hamadi n'étaient plus qu'un souvenir. Trop-Chaud aussi n'était plus là. Elle n'avait pas réussi à vaincre la mort et avait lâché prise lorsque la force mentale n'y était plus. Il en était de même pour son oncle Badra et ses géniteurs. Elle se rappelait toutes ces fois où ceux-ci l'avaient guidée vers son bonheur. Mais la mort, tel un éclair traversant les cieux sous la colère de Zeus, tel le premier clignement des yeux de son fils Ousmane à sa naissance, les avait tous emportés. Seuls restaient les souvenirs d'un court moment passé ensemble, aussi pénible que plaisant, et quelques images photographiques.

Elle posa la main gauche sur sa poitrine et prêta l'oreille au battement de son cœur. La vie soufflait encore en elle de la même manière qu'elle soufflait en son mari, en ses parents chez qui elle passa son enfance à Bamako et en ses deux enfants, un garçon et une fille. Les rides étaient accentuées sur le visage de Samba. Ses cellules commençaient à ne plus se régénérer et il avait également pris du ventre. Elle se souvenait encore de leur première rencontre. À cet instant-là, ils connurent le coup de foudre mais leur esprit refusa de l'admettre en connaissance de leur situation respective et de leur caractère. Et puis, comme des chenilles qui parcourent difficilement quelques mètres, ils se transformèrent avec le temps en papillons et se laissèrent guider par les agitations d'un vent qui leur fit découvrir le monde ensemble depuis plus de trente-cinq ans. Leur amour donna naissance à deux autres chenilles qui sont devenues des papillons avec le temps. Ils ont fondé leur propre foyer et, dieu faisant bien les choses, ils n'ont pas connu les barrières sociales de l'époque de leur père.

Elle se rappelait aussi les filles de sa tante Na-Sira qui avaient fondé leur foyer tout comme l'avaient fait tous les frères et les sœurs de son mari. Beaucoup d'années étaient passées depuis sa jeunesse et elle était si fière de son apport à son village et à son pays. Chacun des deux suivait péniblement le cours de son développement.

Elle se rappela finalement la poudre de vision qu'elle avait reçue. Elle pensa à la manière dont elle l'avait méritée et ses larmes continuèrent de couler. Toute cette force interne qui l'animait dans sa jeunesse et qui la poussait à se battre fièrement avait disparu. Elle comptait tout de même désormais sur son fils, une légende. Les plus forts, au-delà d'être ceux qui savent faire, sont aussi ceux qui contribuent positivement au développement de notre monde ; mais les légendes, en plus d'être fortes, sont celles qui sont reconnues pour leurs empreintes visibles pendant des siècles.

Du monde l'attendait dans le salon pour visionner ensemble les résultats du premier tour des élections présidentielles auxquelles Ousmane s'était présenté. Malgré son jeune âge, il était le favori de cette élection en tant que candidat du parti qui comptait dans ses rangs le président de la République sortant et qui avait aussi la plus grande base politique du pays. Son militantisme et ses actions sociales lui permirent de conquérir le cœur des Maliens et de connaître le vrai visage de ce pays. Cette vieille nation, riche de son histoire, de sa culture et de sa diversité. Ce vaste territoire, habité par des dizaines d'ethnies qui vivent ensemble depuis plusieurs siècles. Peuls, Sonrhaï, Malinké, Bambara, Soninké, Tamachek et bien d'autres. Ce sont eux qui font réellement la beauté de ce pays.

Zeïnab regagna le salon pour la proclamation des résultats. Il y avait de la tension dans l'air et beaucoup d'émotions. Puis arriva la délivrance avec le score obtenu par Ousmane et des cris de joie fusèrent dans la pièce. Il avait obtenu la majorité absolue dès le premier tour. Il était devenu le président de la République.

La magnanime exceptionnelle leva fièrement la tête vers le ciel et remercia le seigneur. Elle se savait désormais plus proche de la mort que de la vie et une phrase du griot Gouro lui vint à l'esprit :

« Nos plus grandes réussites résultent toujours de longs processus vieux de plusieurs années et dont nous ne sommes pas forcément les maîtres à l'origine. Il est donc important de ne pas oublier ces maîtres qui nous ont précédés et de les honorer de temps à autre. »

Je ne vous oublierai jamais, pensa-t-elle au milieu des félicitations et des remerciements qui pleuvaient.

Engageons-nous de façon proactive dans la prise en main de notre destin et la nature se chargera de nous guider vers le bon port.

Imprimé en France
Achevé d'imprimer en novembre 2022
Dépôt légal : septembre 2022

Pour

Le Lys Bleu Éditions
40, rue du Louvre
75001 Paris